# 梧桐树下

浦仲诚——著

中国文史出版社

**图书在版编目（CIP）数据**

梧桐树下 / 浦仲诚著 . -- 北京 : 中国文史出版社，2020.12

ISBN 978-7-5205-2833-7

Ⅰ . ①梧… Ⅱ . ①浦… Ⅲ . ①散文集－中国－当代 Ⅳ . ① I267

中国版本图书馆 CIP 数据核字 (2020) 第 254010 号

**责任编辑：金　硕**

---

| | |
|---|---|
| **出版发行** | 中国文史出版社 |
| **社　　址** | 北京市海淀区西八里庄路 69 号院　邮编 :100142 |
| **电　　话** | 010-81136606 81136602　81136603 81136605（发行部） |
| **传　　真** | 010-81136655 |
| **印　　装** | 阳谷毕升印务有限公司 |
| **经　　销** | 全国新华书店 |
| **开　　本** | 650 × 960　1/16 |
| **印　　张** | 12.5 |
| **字　　数** | 200 千字 |
| **版　　次** | 2021 年 4 月北京第 1 版 |
| **印　　次** | 2022 年 3 月第 2 次印刷 |
| **定　　价** | 42.00 元 |


---

# 目录

Contents

## 第一章　缕缕乡愁是怀思，梦里回故乡

## 第二章　读书行走两相宜，人间多惬意



## 第三章　人间史话多传奇，物是人已非

# 第一章

# 缕缕乡愁是怀思，梦里回故乡

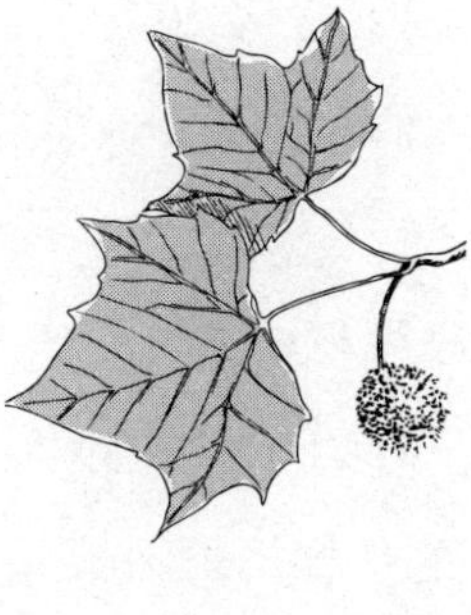

# 梧桐树下旧事

## ——为庆祝中华人民共和国成立七十周年作

我的故乡是个小镇，北街上有我家的老宅。老宅屋后，曾有一棵高大梧桐树。俗话说，“家有梧桐树，自有凤凰栖。”

说到这棵梧桐树，我又想起祖母。1937 年，祖父在地下工作时染病身亡，祖母才 32 岁，她便开始守寡。祖母怕两个儿子将来讨不起媳妇，从此省吃俭用，摆起了米摊。43 岁那年，祖母以 18 担米的价值，兑换来小镇上一座从没人敢住的“凶宅”。为了讨个吉利，祖母叫我父亲和大伯，在这宅后院外墙边，哥南弟北，各种下了一棵梧桐树，以寄托和表达祖母对“儿女成家，生活平安”的向往。父亲说，种树那年是 1948 年，那时父亲才 16 岁，大伯已经 20 岁了。所谓“种下梧桐树，迎得凤来栖”。祖母是考虑大伯面临娶妻成家的年龄，买这座“凶宅”，实在是情非得已。

1949 年新中国刚成立时，那两棵梧桐树才与屋墙一般高。到了大伯该成家的年龄，他心急，盼望自己种的那棵梧桐树，比父亲种的那棵长得快一些，竟然天天往自己种的那棵梧桐树根部处撒尿。结果，大伯把自己种的那棵梧桐树弄死了。父亲的性格大大咧咧，顺其自然，他种的那棵梧桐树，很快地长高长粗了。到父亲结婚那年，父亲的梧桐树已经有一抱粗，树冠长过了屋顶两米多了。

## 梧桐树长“蜘蛛网”

我出生在新中国成立后的第五个年头，国家各项建设刚刚起步。我家的梧桐树却长得很快。隐约中记得，那年我才五六岁，从老宅后院抬头向外看，也能看到梧桐树那高大的树冠。它已经荫蔽了我家后庭阁楼的大半个屋顶了。慢慢地，梧桐树成为小镇北街后“标志性”树木。我刚上学那年秋天，在父亲栽的那棵梧桐树上，打下了好多好多梧桐籽，炒熟后香遍了半条小街。梧桐树成为我家除了老屋以外最值钱的东西。

大约刚过年的一天，我随母亲去后院井上提水。我又抬头看梧桐树，发现那棵巨大的梧桐树冠顶端，竟然长出了一根与我小手臂一般粗的竹子，竹子的顶端，竟然还长着一个蜘蛛网，蜘蛛网上下垂的一根细细的线，通往后院北厢房父亲的书房。这个发现，让我惊奇了大半天。母亲告诉我，这并不是梧桐树长出的蜘蛛网，而是父亲自己做的矿石收音机的天线。父亲虽然聪明好学，会刻字，会油画，可是他怎么可能还会做矿石收音机呢。这个疑问在我问了父亲后才明白。原来父亲这技术，是跟他堂叔浦念祖学的。

浦念祖是我祖父的堂弟，他家居住在常熟市区迎春桥边。浦念祖曾就读于上海复旦大学机电专业，精通机电维修与收音机的制作。据常熟市新四军历史研究会编的《虞山镇人民革命斗争故事》记载，浦念祖为常熟的解放做过贡献。“1949 年 4 月，常熟武工队大队长朱英交给黄绳之、毛柏生一个紧急任务：要连夜抢修好‘久福电台’，播出常熟解放的消息。黄绳之、毛柏生托人找到精通电台的浦念祖，浦念祖夜以继日地完成了修复电台的任务”。浦念祖对父亲的影响，是很大的。父亲七岁失去父爱后，他是唯一关爱我父亲的男性长辈了。在浦念祖的言传身教下，我父亲学会了矿石收音机的制作和修理，用这学到的技术，制作了矿石收音机。

二十世纪五十年代末到六十年代间，国家科技仍非常落后，经济依然非常困难，国营商店极少有收音机之类的奢侈品供应。一般百姓家不可能买得起自行车、收音机之类的东西。百姓家要了解社会和国家大事，唯一的渠道，是收听广播节目。那时候，不论城镇还是农村，几乎每家都安装了广播喇叭。在五十年代末到六十年代间，近十多年的时间里，附近上百户群众家庭，因雷电打坏了的广播，父亲总以学会的矿石收音机的制作和修理技术，为他们进行无偿的修理。

随着时间的推移，我家后院墙外的那棵梧桐树越长越高，梧桐树顶上的竹子，已经看不见了，巨大的树冠，将铜丝绕成蜘蛛网近乎淹没。而父亲的矿石收音机，每晚依旧陪伴着他在书房用功。听着父亲的矿石收音机，我度过了幼年少年的许多时光，有许多如《戴花要戴大红花》《没有共产党就没有新中国》《社会主义好》《北京的金山上》等脍炙人口的歌曲，就是在矿石收音机和广播喇叭播出中，听到学会的，并伴随着我不断成长。如今，那棵梧桐树和那竿矿石收音机天线，仍然竖立在我的脑海中。

## 收音机与写字台

1977 年 10 月 1 日，是新中国成立 28 周年的庆祝纪念日。就在这一天，我与小惠结婚成了家。那时候，青年人找对象结婚，已开始流行起“四大件”。所谓“四大件”，就是自行车、缝纫机、手表、半导体收音机。

父母亲生养我们兄弟四人，家中负担重，经济非常困难，别说“四大件”，就是一件也买不起。仅有的，就是父亲那台非常旧的矿石收音机。我结婚时没有什么“四大件”，更别说电视机了。不过，我那时候就非常喜欢阅读和写作，可是没钱买书，我读的书，都是曾祖父、祖父遗留下来的，还有许多是父亲年轻时自己添置的。

在婚后两个多月的元宵节第二天，父亲硬着心肠与我分了家。分家时，父亲分给我二十斤米，一元七角八分钱，同时分给我欠生产队150多元的超支负担。父母把我逼出他们的庇荫之下，让我们单独生活。从此我自谋一家生计，生活非常困难。

这年春天刚过，虞山林场在虞山西麓黄家山下建办了砖瓦厂。我曾在大生窑厂当过装窑工人，被林场砖瓦厂请去当了装窑师傅。窑厂上装窑的工作很累，但工资收入还可以，每月给我发五十元左右。有了工资收入，生活稍有好转。妻子小惠在家做针线活，带女儿兼养着两头猪，家务忙碌又颇显寂寞。为此我鼓足勇气，花二十多元买了台收音机，让它陪伴家中小惠母女俩。有了收音机，小惠的心情开朗起来，她把收音机当作她的宝贝一样，夜以继日地做着花边。有收音机在一旁陪伴着她，家中显着有了生气。

我喜欢读书，但属于我自己的书，却没几本。父亲的书，是他的宝贝，我可以借读，但不让占有，借久了没还，父亲是催着要讨回的。我有了固定的月收入，家中渐渐地还清了拖欠生产队上的超支。待稍有一点零钱积余，我便择机买书，继续读书。一家三口，生活依然困难，但是我却独爱读书和写作，无论是摇着船去上海装氨水，还是在田头干农活，只要一有空余时间，我便掏出随身带的书，开始阅读。即使后来进了队办工厂和乡镇企业，这个养成的习惯仍然改不了。

渐渐地，我的书开始多了起来。床头，凳子上，甚至小惠嫁来的梳妆台上，也堆放了我的书。小惠开始嘀咕起来。晚上，我躺在床上，想着收藏书的地方和方法，好久没入睡。早上起来，准备做早饭，经过走廊时，看到了丢在走廊外墙脚边的一条破板凳，给了我一个灵感。这块被丢弃的破板凳面，不是可以用来做个书架面吗？心中为自己的聪明，感到暗暗高兴。

当天，从窑厂下班时，我顺便去了供销社，在百货部，买了一罐绿色的油漆。回到家后，便开始敲敲钉钉，制作自己的书架。忙到晚上八点多，一个固定在房间墙上的绿色书架，终于做成。油漆味散发的“清香”，让我心中好似完成了一个大工程一样，轻松和开心。

一周后，书架上的油漆已经干了。我便把家中的书，住书架上码。当书架已经叠满的时候，发现还有三十多本，仍然没处放。小惠见了，对我说：“看你忙了半天，这些书还是没地方摆，你又喜欢写东西，还是买一张写字台吧。”小惠的话，虽中我下怀，但是买写字台，又得花多少钱啊。

第二天下班回家路上，我拐到大墅镇上供销社家具部，去看看有没有便宜一点的写字台。店内果然有几款写字台出售，有几张一米二十左右长的小写字台，漆成红木色的、柏黄色的，还有米黄色的。我问营业员：“这式样的写字台，卖多少钱一张。”营业员是位脸熟的老师傅，但想不起他叫啥。他热情地过来告诉我：“大的写字台有卖 150 元和 160 元一张的，这款小写字台，是卖 100 元一张。”我非常喜欢那张米黄色的，就对他说：“老师傅，今天我没带够钱，先来看一看。我看中了这张米黄色的，您能不能给我留着，过几天一定来买的，请您相信我。”“可以的，没问题，我一定给你留着。你是小墅桥老浦的儿子吧，……”听了老师傅的话，我有些惊诧，“老师傅，您是……”“我姓胡，和你父亲是老朋友。你放心好了，一定给你留着。”

回到家后，我把去供销社看写字台的事，告诉了家里人。父亲听后告诉我：“镇上供销社家具部的老胡，是他年轻时的同事，老胡的妻子还是父亲介绍的呢，你该叫他胡叔叔。”小惠则关心写字台的事，她赞成买那张米黄色的。

几天后，正好轮到我休息。上午我带上钱，又步行去了镇上供销社家具部，见那米黄色的写字台依旧还在。胡叔见我果然又来了，热情地接待我说：“小浦，今天真要买回去吗，从镇上到你家，有四里多路，你买了写字台，怎么带回去呀？”我回答说：“谢谢胡叔。没事，这写字台并不太重，我可以掮到轮船码头，坐‘中泾班’回去的。”话毕，我从口袋中掏出10张拾元的大钞，点给了胡叔。胡叔放好钞票后，帮我一起把写字台抬到店门口，又帮我上了肩，看着我掮着写字台，向轮船码头而去。

写字台买回家后，置放在房间的靠窗边。心中那个乐，可谓情不自禁。我把那剩下的30多本书，整整齐齐地码在写字台上，又把本来端端整整放在梳妆台上的收音机，也移到了写字台上。这下小惠可不乐意了，她调皮地说：“收音机是我喜欢的，书才是你喜欢的，你总不能都抢了去吧。”小惠说完，把收音机又抱回到梳妆台上。我只好作罢：“好好，没办法，谁让你是我老婆呢。”母亲见了，她乐了：“你们两个，都还像小孩。”

有了写字台，我心中的作家梦更强烈了。当天晚上，我趴在写字台上，写出了一首诗《绿色的书架》。这首诗，后来刊登在镇文化站的乡土刊物《青芽》和南京青春文学院的《学员习作》上。

## 电视机与自行车

七十年代末那时期，每户人家几乎都有广播，却很少人家有收音机。我家有了收音机，家庭生活自然多了许多生气。不过，距我家后四户之隔的邻居王洪岐家，却比我家更奢侈，他家有一台9寸孔雀牌黑白小电视机。王洪岐是个刚回乡的退休工人，退休前在合肥一家工厂上班。他退休时带回的这台小电视机，吸引小镇北街上的居民。从那时开始，每天黄昏，他家的场院内人头挤拥，好似是一个“露天小电影院”，直到节目播完后人们才肯散去。去王洪岐家看电视，成了小镇北街居民每天黄昏生活中的重要乐趣。

我喜欢读书写作，很少去看电视。小惠照顾着女儿和刚出生的儿子，又忙于针线活，日夜都没法出去，心里痒的难受。她天天唠叨：“我家啥时候也能买一台电视，就幸福了。”小惠的话，听在我耳中，记在我心里。就那时，买一台14英寸黑白电视机，要近500元。就家中积蓄而言，已经有能力买了。但从家庭负担、经济状况而言，我还不敢如此奢侈。

进入八十年代，整个社会发生了翻天覆地的变化。改革开放促使村办企业发展迅速，效益显现。父亲在村针织厂当厂长。父亲会经营，人脉又好，厂里效益很好。为更好发展业务，凭厂里多年积累实力，父亲在小镇东边择地，建了三千多平方米的新厂房，把位于村部的厂子，搬到了小镇上。企业经济效益好，惠及四乡八邻。我在担任针织厂仓库会计，后又被调任厂供销科工作。在供销科岗位上因为成绩显著，不久被村委会任命为厂长助理，还涨了工资。小惠也进了校办针织厂当检验员，家庭收入有了显著增加。

当上了“厂领导”后，我天南地北地经常出差，湖南、贵州、北京、沈阳等地，十天半月甚至一个月的出差，是经常的事。我关心家里关心妻儿的时间少了许多，读书的机会也少了许多。而买书的机会，却多了许多。小惠是个寡言的人，既要上班，又有繁重的家务和经常的孤独，这使她感到疲乏，埋怨也开始多了起来。见我每次出差，总带回两三本书，小惠便开始唠叨："我要你买其他的，你总说是要节约钞票。你每次出门，总买些书回来，怎么就舍得花钱了，你在外边的时候，有没有想我既要上班，又要拖大带小的不容易呢？"听了小惠的话，我明白自己亏欠小惠太多。知道她不是真心责备我买了书，她心里是想有一台电视机陪伴她。

巧的是，内弟从师范毕业后，来小镇学校当老师。内弟有个同事叫胡之炯，胡老师的儿子在苏州电视机厂工作。胡老师和他儿子的家中，都已经有电视机。小胡在单位，又分配到一台出厂价 17 英寸孔雀牌电视机券。胡之炯老师得知我欲购一台电视机，就豪爽地把电视机券赠送给了我。拿到券的第二天，我去了市百货公司，凭券以优惠价 370 多元买回了一台 17 英寸孔雀牌黑白电视机，比商场里标明的零售价便宜一百八十多元。

梦想多年的电视机，终于买回家了，小惠整个人眉开眼笑，身姿也轻盈了许多。买回电视机的当天，我一个下午忙于接电线，装插座，竖天线。傍晚时，廊檐下一竿竹顶着铜丝做成的"蜘蛛网"，在场院的上空高高树立着。我把"蜘蛛网"上拖连的信号线插头，插入电视机信号接收孔，打开电源开关，电视机荧幕立刻出现了画面。那时，一家人的情绪，比现在买了崭新高档的汽车还要兴奋。我家这台电视机，是小镇北街上的第二台。

从此邻居王洪岐家的观众，大部分转移到了我家。为方便邻居观看，我索性在院中摆上一张桌子，把电视机放在露天播放。那几年中的每天黄昏，我家的场院，也成了露天小电影院了。

小惠的愿望实现了。而我的愿望，是买一辆自行车。因为工作，业务需要短途出差，若有了自行车，将有助于我的业务业绩。乘着这几天小惠的心情好，我和她说了心里的想法。想不到，小惠倒是挺开通，她说："你想买就买吧，就当作买电视机没便宜到，这省下的钱，够你买一辆自行车了吧。"

哈，心里想买一辆自行车，得到小惠的支持。我利用厂里去市区办业务的机会，到了市区和平街上"真善美"旧货商店，看看有没有合适的"二手车"。店员说，还真是巧，今天店里刚到一辆寄卖的黑色凤凰 18 型车，八成新，挂牌价为 118 元。见到这辆车，我从心底里喜欢。欲还价为 110 元，店员不答应。因为太喜欢，我怕别人抢走似的，没有再多说什么，爽快地付了钱。付完钱，我向店员要了一块破布，仔细擦干净了车身，然后推着车，离开了"真善美"旧货商店。

我早在大生砖瓦厂打工时，就学会了骑自行车。可是，毕竟已过去七八个年头了。推着自行车从和平街出来，过引线街，出北门大街，一直过了报慈桥，才敢在僻静的地方试着骑上车。毕竟是二手车，我这 120 多斤的分量都压在车上，"嘎吱嘎吱"的声音，陪伴了一路，到家时，我都汗流浃背了。

回到家，我顾不得擦汗，先忙着用蜡烛给自行车车身上蜡，又在链条传动结构上加油。小惠看到我买回的是一辆旧车，疑惑地问我："怎么没有买新的？"我乐呵呵地告诉她："买名牌车要凭券，买其他新车又贵。我既想要名牌车，又想节省钱，这辆车正合适，你看，车身上了蜡，加了油，和新的车相差不大嘛，哈哈。"

我家一个月中连续购置了"两大件"，"轰动"了半条小墅街。许多人以为我发了"横财"。他们当然不知道，为了实现这个愿望，我坚持不抽烟，不喝酒，每次出差几十天，不进饭店、馆子，吃掉几百袋方便面的艰苦呢。当然，这不仅仅是为了节约省钱，还是祖母和母亲她们将勤俭艰苦家风烙在我身心中的写照，并且激励着我直到如今的生活态度。

## “鸟笼”与起亚小车

一九八四年冬，工作调到文化站，我离开了家乡小墅桥故镇。离开家乡那一年，骑着那辆二手凤凰 18 型自行车，到大墅镇上新的岗位上班。第二年冬，全家搬到大墅镇上生活，没忘了带上那张米色的写字台。

改革开放的强劲东风，使国家经济发展建设加快，乡镇企业全面开花，社会变化日新月异，人民生活逐渐好转，逐渐富裕起来。一九九三年初，我家终于从住了八年之久的 25 平方米鸟笼般的出租房中迁出，搬入了新落成装修好的公寓房。新居三室一厅，近 100 个平方，比起家乡父亲分给我的两间半（50 多平方），大了一半，比我租住了八年的出租房大了四倍。

在新居中，我辟出了一个空间，作为写作读书的书房。如此条件，我该满足了。但是，人对美好生活的向往，是永无止境的。人的向往，会随社会的发展，而不断追求更好的目标。我也不例外。

记得在那张米色的写字台上，我写过一个散文，题为《家的感觉》。文章中，我静静体会了国家建设的发展与进步，描写了如今生活的美好，和对更美好生活的向往。同时又告诫自己，对更美好生活的追求，必须有良好的心态，良好的行为和对社会有积极的贡献，才有可能取得。所谓“幽室饱阅山河趣，雅楼尽观世外天”，是我此后的生活写照。

那张米色的写字台和那辆二手自行车，陪伴过我在厂长、总经理、文化站长的岗位上，奔波了十多年，直至九十年代初，才换了摩托车。因为又调动工作，单位上要求需常往市区办事，到 2006 年下半年，才放弃那辆骑了十多年的摩托车，更换了悦达起亚低排量汽车。这辆小车才七万多，一直开到退休。在退休后两年中，继续文学写作，尽情黄公望文化研究，自驾出行许多地方，发现那辆小车制动不灵，车况不大好。为了安全，不得已之下，才又换了一辆新车。新车品牌依旧是悦达起亚，汽车排量稍高了些，价值十万多，驾着它继续行进在文化研学的道路上。

几十年来，从父亲的矿石收音机，到我买的半导体收音机，从 17 英寸黑白电视机和更换 21 寸和 29 寸彩色电视机，以及液晶电视机和手机。从自制的书架，到有整排书柜的书房。从自行车到摩托车又换小汽车。新中国成立 70 年来，社会建设日新月异，百姓生活发展到如今，几乎家家有冰箱，空调，洗衣机，电脑和小汽车。人们生活所产生的巨大变化，均得益于国家改革开放和经济建设的飞速发展，带给了我们物质生活水平和追求的不断提高。如今，国家研制出的 5G 电信产品，正进一步改变传统的生活，是新中国的飞速发展，带给了我们今天的幸福生活。

小惠几次劝我，该换掉家中那张米色的写字台了吧。我却一直不舍得丢弃。这张跟随了我 40 年的写字台，依然静静地放在我书房里，如今虽然破旧，仍陪伴着我继续读书写作。我始终认为，对奢侈生活的追求，要量力而行。对物质享受的追求，需与经济发展相适应。即使家庭条件富裕，也不能忘了过去的艰辛，也不能丢弃勤俭持家的优良家风。写字台，是我与小惠婚后添置的第一个大件家什，它们伴随着我度过了许多艰苦的岁月，见证了我家生活的变化，也伴随着我坚持着向作家梦，一步一步地攀登前进。以我余生的笔，书写和祝愿祖国更加繁荣昌盛和富强。

2019 年 7 月 23 日

# 家乡镇上竹牌楼

我的家乡，是一个叫小义桥的古老小镇，镇上有一座名为小墅桥的单孔石拱桥。说小镇古老，是因为它已经有一千多年历史了。小镇原名叫葛墅桥。在唐高宗麟德元年，葛墅桥镇上出了一位义士，叫龚景才。龚景才家五世同堂，以孝义名扬乡里，受到朝廷旌表门闾为“义门”村。后来龚景才迁大墅桥发展，他新居之地小山下大墅桥，旋被称作大义桥。其弟及义门族人居住的葛墅桥，则被称作小义桥。

小义桥镇上有横街、南街、南西沿河街、北街、盐庄横头街、北西沿河街、臭弄堂巷等街道，是一座有数百户居民居住的小镇。小镇自古商贸繁荣，各种店铺一百多家，据说最繁华时，仅茶馆一业，就有二十三家。小镇又是旧葛城乡政府公署所在地，新中国成立初期，葛城乡的乡政府，设在小义桥北街的江家大厅上。我的家，就在江家大厅的斜对面。

我出生在这座古老小镇的北街上。孩提时代，父亲管得严，不经父母允许，不准走出家门。我常常羡慕别人家的孩子，可以在小街上自由地戏闹、疯玩。每当放了暑假或者寒假，我常会被祖母热情地“邀请”，去那设在小镇西边三里外“南观音堂”的小店里，陪伴着祖母，做着假期作业，度过我假期中大部分的日子。在这些日子里，总会有许多有关小镇街上发生过的有关“竹牌楼”的故事，从祖母嘴里，源源地贯入我的耳中。

## 一

祖母说，家乡小镇的竹牌楼，可不是一座永固的建筑。古时候，只有每逢过新年春节、元宵节、中秋节这些重大传统节日的时候，才见搭起竹牌楼。为了庆祝节日，小镇的乡公署，会出资请纸花匠、竹匠等一些民间艺人，在小街的北街口、南街口和小桥的桥顶，用青竹和木材配合，临时搭起高高耸立的竹牌楼。祖母还说，古时候在特殊的日子里，小镇上也会搭起新的竹牌楼。比如，有哪个大户人家的儿子考上功名啦，或者有哪个大户人的儿子，或者是女儿要结婚啦，或者又有哪个在外做官的，又有高升啦等等，这时候，这些人家又会特地在小镇的两头街口，临时搭起新的竹牌楼，表示隆重的庆贺。

祖母还告诉我说，我的曾祖父，也曾请人搭建过几座竹牌楼。那大约是发生在一百多年前的一个故事。祖母说：我家祖上，是浦姓留耕堂的后代，世居大义桥外黄塘。曾祖父是清代后期的武举人，他不仅有文化，又会武功，还会中医外科术，曾拜名医周竹筠为师，兼修了中医内科，在大义桥镇上开设了医药店，济世医人。民国建立初，曾祖父带头出资建办了归义私立初级小学校，兼任了校长。小义桥是个繁华小镇，人口众多。为了发展医药业，方便百姓。曾祖父又到小义桥镇上开了一个医药铺，一家人从此随曾祖父搬居到了小镇上。

初到小义桥，曾祖父见镇上商贸虽然繁荣，但小镇的街道，都是石渣泥土铺成的。晴天时，街面坑坑洼洼。逢到雨天时，街面上则泥泞路滑，百姓行走起来很不方便。曾祖父看在眼里，决心要为百姓做一件好事。因此，他带头发起捐资，要重新修铺小义镇街，得到许多人的响应和参与。经过曾祖父近一年的辛苦努力，一条全新的鹅卵石街道，终于铺成。为了庆祝新街道的铺成，曾祖父特地请人在小镇的两头街口和桥上，搭建了几座竹牌楼，在这些竹牌楼上插满了松柏枝，并在竹牌楼顶的下横梁上，高高挂着大红灯笼，竹牌楼的两栩，书写着喜庆文字的对联，给整个小镇，增添了许多节日喜庆祥和的氛围。

在新街道通行的当日，新竹牌楼上披红挂绿，张灯结彩，民间艺人调龙舞狮，扭起秧歌舞，商家和居民们，家家燃放爆竹，整个庆祝的场面，热闹非常。曾祖父看在眼中，心中感到非常欣慰。小义新街铺成后，镇上更加繁华了。

为了让从福山、谢桥等东北方向到小义镇奔集的百姓更加方便，在小义新街铺成之后不久，曾祖父又在小义北街口外一里的花园浜渡口上，独自出资修建了一座三孔平板石桥，取名为“中泾桥”（那座中泾桥的遗迹，至今还在）。

不过，还在新街道通行后不久，曾祖父的这些义举，也曾遭到别有用心之人的恶毒诽谤。为此，曾祖父曾自行在北街口的竹牌楼下，赤膊跪地，向南爬行了整条新街，以表示他自身清白。因此，小义镇百姓口中至今还流传着“浦大爷铺小市桥街——怨气冲天”，“浦大爷造中泾桥——独打”两句歇后语。

祖母所讲的这些故事，牢牢地记在我年幼的心中，陪伴着我渐渐成长、长大，直至如今，仍难以忘却。

## 二

我对当年搭建在家乡小镇北街口上的那座竹牌楼，有着特别的情怀。我儿童时代脑海中，所记住小镇的那些竹牌楼当中，感到还是北街口上的那座，最雄伟，最好看。最后见到北街口上又搭起竹牌楼，大约是在我十二岁那年。并且在这座竹牌楼下，经历过一个小小的事故。

这是发生在一九六五年农历春节前的事情。这年腊月，临近年关大约还有不到两三天时间。听从父母的训导，我把学校放寒假时所布置的作业，基本上完成得差不多了。和小镇上许多家庭一样，父母们忙着打扫家里的卫生，磨粉蒸制年糕，浸黄豆制豆腐，炸油豆腐做面筋等，张罗着准备过年的事。我乘着父母们正忙着的档口，瞧准空隙，一人偷偷溜出了家门，来到了小街上。

隔壁邻居家调皮的熙良，绰号“老大”，比我小一岁。此刻，他刚好从我家门口经过。老大看到我从家里出来，便过来对我说：“芳芳（我的乳名），你去哪里玩呀。”“我不去玩，刚做好寒假作业，出来散散心，瞎看看。”我轻声回答着老大，边斜眼看了一下家门里的情景，生怕被正在里屋忙碌的父亲听到我的话。

老大是个机灵鬼，知道我父亲对我管教很严。他看到我的神情，明白了我的担心，便走近我近声说：“你看到了没有，街口又搭好竹牌楼啦，要不要一起去玩一会。”老大说话的同时，右手向街的两头比画着。我顺着老大的手势，向街的两头看去，距我家门口约五十多米的北街口，就是祖母所讲曾祖父赤膊跪地开始爬街的地方，果然已经有一座雄伟漂亮的竹牌楼搭建好了。竹牌楼门外的庙场上，有许多道士，还有许多男男女女，正在认真忙碌着准备新年拜佛祭神的事。扭头再向一百五十多米外的南街口看，北街南口的竹牌楼，还在搭建之中。见竹牌楼顶上，有竹匠师傅正手拿竹篾，悬坐在横梁上作业。

因为怕父亲责骂，不敢离开家门口太远。难得又见的竹牌楼，极具诱惑力。我又悄悄看了一下家门里的情景，抬手指了一下北街口的竹牌楼，轻声对老大说：“去那儿看看吧。”“嗯，好。”老大话音未尽，却已转身向北街口跑了过去。

当我慢步来到竹牌楼前，却不见了老大，正纳闷时，忽听头顶上有人在喊我。我循声抬头，看到老大竟不顾掉下来的危险，已攀站到了竹牌楼近两个小人高的横杆上。他一手扶着横杆，另一只手竟然还把扎在竹牌楼上的一枝松枝，拔在手里，得意地向我挥着。虽然知道，极顽皮的老大是葛墅街上出名的捣蛋鬼，但我实在想不到，他竟有如此大胆的举动。

“危险。”我惊讶地正想喊他快点下来，想不到已经迟了。只听得“啊呀”一声传来，竹牌楼上的捣蛋鬼老大，果然在得意忘形中一脚踩空，重重地摔了下来。只见他一个狗吃屎般，跌伏在地上，满嘴是血，刚才还得意忘形的老大，痛得“哇哇”大哭起来。

老大摔落的动静，惊动了庙场上所有的人，他们很快地围了过来，我被手忙脚乱的大人们挤到了人圈外。听得大人们在喊道：“这个小团真惹厌，嘴都跌破了，快送他去医院吧。”老大的父亲叫宗法，也是个道士。他看到横躺在地上的儿子，很快把老大从地上抱起来，嘴里骂骂咧咧地，快步向东沿河盐庄横头街的医院奔去。我站在竹牌楼门下，看着趴在宗伯肩头的老大，右手中竟然还举着那枝被他从竹牌楼上折下来的松枝，随着他父亲奔跑的身形，渐渐地远去。

## 三

老大从竹牌楼上跌下，让我吓出了一身冷汗。老大的竹牌楼摔落事件，也给了我一个教训：小孩子是不能太顽皮的。不过，由于父亲的严加管教，我在少年时代的那种率性和自由，与老大相比，少了许多。而强迫对文化知识的阅读和学习，却多了许多。如今回想，这也许就是每个人命中注定的吧。诸如儿时的经历，往往会让人记住一辈子。特别是十二岁那年，北街口的那座竹牌楼，还有老大父亲抱着儿子奔跑在小街上的那条背影。心想，这也许就是老天爷对老大那胆大妄为、亵渎神灵行为的一种惩罚吧。

“三更灯火五更鸡，正是男儿读书时。黑发不知勤学早，白首方悔读书迟。”这是唐代书法家颜真卿的一首《劝学》诗。得益于儿时父亲对我的长期严加管教，和强迫对文化知识的阅读，让我养成了爱上阅读的习惯，让我从小就渐渐明白了许多做人的道理，也让我了解了这座小镇的光辉历史。

葛墅桥，这座历经了千年岁月的古老小镇，曾涌现过像唐代商贾义士龚景才、明代进士葛邦典、举人葛邦弼、清代武举人浦凤石（我的曾祖父）等许多为葛墅小镇做出过贡献的人物，让生活在这小镇上的后代人引以为豪。他们像古时小镇上的竹牌楼一样，曾一茬接一茬地耸立在这座古老小镇的街头，也永久地矗立在我的心中。

光阴匆匆，离开家乡快四十个年头了。如今，因为地方建置的更改，乡村道路的重新规划，这个曾经非常朴素而繁华的小镇、街道，早已失去了我儿时那般诱惑，“竹牌楼”更是再也见不到了，家乡的小镇早已破败不堪。小镇东边那边宽敞的马路，却人来车往，车水马龙。历史总是向发展的方向进步的，眼前所看到这些景象的变化，大概就是“历史的变迁”吧。

记得席慕蓉在他的《乡愁》中这样写道：故乡的歌 / 是一支清远的笛 / 总在有月亮的晚上响起。故乡的面貌，却是一种模糊地怅惘，仿佛是雾里的挥手别离。别离后，乡愁是一棵没有年轮的树，却永不会老去。

一年一度的新年，又将来临。每当临近这个时节，我的心中，总还会想起，我家乡那个让我永远难于忘怀的“竹牌楼”，总会深深地怀念少年时代度过的那些美好时光。这种怀念，大概就是心中的一份“乡愁”在作怪。

有人曾说“乡愁是一份沉重的爱。”在每当回到小镇的时候，心中总会充满着丝丝惆怅，作为离开家乡的游子，只能将这份爱，默默地收藏在心底。想起家乡那条曾祖父亲手铺的小街，想起家乡小街上空的袅袅炊烟，想起母亲脸上堆满皱纹的模样，特别是家乡那座美丽的竹牌楼，她们像留在我少年时代心中的一个烙印，永远那么清晰，永远那样亲切。

2017 年 12 月 12 日

# 绿波油油上秧地

“春柳拂拂晒秧田，夏风习习忙麦间。秋来积肥稻花香，冬雪茫茫兆丰年。”

农村田野的风景，一年四季各有特色，会让久居城市的人，放飞心情，释开胸怀。虽然离开殷家油车队有四十多个年头了，可每当我想起那被丢弃在油车基上像一对地眼般的两个大石磨，想起周家河边那架牛拉人踩的水车，想起那黑漆漆的洋龙船，想起那上四亩六丘的洋龙马门，想起那洋龙马门上的千斤石，想起上秧地周围那“柳青水绿，鸟啼鱼影”的如画美景，漫漫的思乡之愁，总会长久地萦绕在我的心头，难于忘怀。

## 洋龙马门丘

“上秧地”是殷家油车生产队一丘秧田古老的名称，它位于生产队辖区内南块区西厢浜东稍南岸首位，既临河又地势偏高。因为方便上水育秧，它成为生产队三处“马门丘”田块之一。听老队长说，这“上秧地”这个田名，已经叫了几百年。

水是生命之源，育秧需要水。二十世纪七十年代前，江南地区农村中主要农作物是水稻。种植水稻，水是水稻的命根子。旧时农村水田的灌溉，主要靠水牛拉动木质抽水车，或者人力踩动六人轴的抽水车，将河浜里的水，倒抽在岸上的龙门渠内，再通过龙门渠连接的小水渠，灌流到需要灌溉的田块中。那些年代中，农田灌溉，是既让人操心又费人工的重要工程，主要靠畜力和人力。到二十世纪七十年代初，主要靠租用烧柴油为动力的“洋龙船”，为各块区的农田进行灌溉。

“洋龙船”，是把大马力柴油发动机和水泵安装在木船上，通过长长的、黑油漆漆过的“洋龙水管”，像大炮的炮管一样，从船上架到“马门丘”田头的“龙门渠”上，再由船上的发动机带动水泵将河水抽上岸，灌入到龙门渠进行灌溉的专用船。因此在农村农田中，常见的那些用砖石砌筑成的“龙门渠”，又被称作“洋龙马门”。那些被筑有“洋龙马门”的田块，又被称作“马门丘”。那些岁年中，农村每个生产队几乎都筑有几个“马门丘”。殷家油车生产队的三个块区的最高地块上，原来都设有一个“洋龙马门”作为灌溉点。

在二十世纪七十年代中期，正是农村推行“学大寨、改良田、修水利”和种“双季稻”的热潮时期。殷家油车生产队为了节省人力财力，统一全队的水利灌溉建设和管理，在公社水利站请来的土专家，进行了勘察指导后，决定在北块区“上四亩六丘”老马门上，筑设一个固定总机灌站，建一个总“洋龙马门”，并要在三个块区之间的土坝上筑一条管渠，把生产队所有土地间的水渠，连成一线，统一灌溉。

殷家油车生产队，有土地 140 多亩，分南块区，中块区和北块区，三个块区从北至南呈坡状，北块区地势为最高。南块区和中块区之间隔着一条“西厢浜”河，靠一坝相连，中块区和北块区之间又隔着一条“吴家浜”河，也是靠一坝相连。北块区南靠吴家浜，东临中泾塘，北依许家河，三面环水，区内曾有一个明代古墓，还有一个祠堂，因此北块区又俗称“祠堂湾”。

祠堂湾有一个的传说，在殷家油车已经流传了数百年。说是在明朝嘉靖年间，有一位高官叫钱之选，他是本乡人，在朝廷任兵部郎中。钱之选在病故前曾看中这儿地势偏高，三面环水，又独显安静，是个风水宝地，要求病故后回乡安葬。钱家人按照钱之选遗愿，请人在北块区挖土，为钱之选建墓，动用人力千余，将北块区三十多亩地上堆土雕石，建祠铺街，栽树立坊，建成了“荷花茔”大墓，俗称“钱家坟”。因为坟地面积范围巨大，坟高丈余，远远看去像一座小山，因此被当地村民称为“野山”。

岁月沧桑，经过五百多年的风雨侵袭，“荷花茔”墓逐渐风化，野山上的树木植被不断被砍伐，野山上的泥土随雨水下流。在二十世纪六十年代末和七十年代初的建窑挖土和拙坟改造良田运动中，野山被彻底扒平，并且改造成了良田。

按照规划和图纸，北块区祠堂湾的田块地势犹显处高，特别是生产队仓库野场西边的“上四亩六丘”为最高，又近河边，被选定为生产队建设固定总机灌站和筑“洋龙马门”的地方。生产队的水利建设改造工程，如火如荼地进行着。殷家油车队在这次水利建设中，将全队三个块区的旧沟渠翻修并连接为一体，还把原三个块区的全部干渠和原块区各田间的支渠设小闸分隔，组合成了一个完整的灌溉网。

北块区“上四亩六丘”上总机灌站和“洋龙马门”建设，是重点。水泥、砖石、柴油机、电动机、水泵，挖壕、筑土，水利工程师、砖瓦水泥匠、小工等等在生产队仓库野场边结集，它像一场小型战役，在“上四亩六”这丘高田上开始打响。同时，南块区的“上秧地”和中块区的“官路田亩”成为改造的对象，将结束它们作为“马门丘”的历史使命。

## 逃出女人圈

七十年代初，父亲遭受冤案后，随即被下放，全家随父亲到距小镇四里外殷家油车生产队，接受劳动改造。在殷家油车生产队的水利改造工筑将近完成之时，便是我到生产队“接受再教育”的开始。

殷家油车生产队的老队长，是殷根林，我叫他根林伯。根林伯这人身材高大，心地善良，但他虽身为队长，却寡言少语。可能因为他讲话时是个“话愣子”，才不善言语的。不过老队长眼毒异常，看人看事都很正，因此他在生产队里的威信很高。按照根林伯在队会上对“上秧地”改造的意见，“上秧地”被废除了作为“马门丘”的功能，除了拆除马门砖石，填平马门凹口，但仍然保持“上秧地”育秧田的地位。而中块区的“官路田亩”，拆除了马门砖石，填平马门凹口后，将变回了一般良田。

一九七二年，我时年十八岁，青春年少，虽胸怀书本知识，却对农村劳动要求一无所知。五月上旬，正时育秧准备时节，也是我高中毕业后正式到农村接受再教育的开始。老队长好像很同情和照顾我这个从“街廊”来的“知识青年”，他安排我与村上另外几个青年小伙，跟随着妇女们一起到“上秧地”劳动，为做秧地做碎土平地准备。就此，“上秧地”成为我下乡接受再教育第一次投入劳作的第一块农田。

“上秧地”南靠殷家油车基，东邻葫芦墩河，地势偏高，四周无遮，是西厢浜河南岸南首第一块田。田间刚翻耕不久，沃黑的泥土，正沐浴着五月初夏的阳光，散发着一阵阵清香的气味。西厢浜河岸上，那杨柳、槐树和野桑树随风摆枝，树上飞鸟争鸣，站在上秧地的田岸上看西厢浜河，可以清晰地见到河水中的小鱼在浅滩边自由自在地游动。待惯了小镇的我，此刻站在田野环境中，一切是那样的舒畅，一切是那样的诱人，让我心思随着双眼，漫无边际……

劳作中，听闻妇女队长秀金告诉大家说，北块区“上四亩六丘”上那新筑的机灌站和“洋龙马门”快要建好了，再过二十来天，就可以通水了。到时，这块数百年来一直依靠畜力、人力拉车抽水或用“洋龙船”抽水灌溉的“上秧地”，将由队上自己新建的机灌站“北水南灌”进行灌溉了。

农村的妇女们，日子虽然过得清苦，但总是那样显得泼辣和洒脱。她们却一边挥舞着铁锨平整着泥土，一边嘻嘻哈哈地笑言着什么。其中几个妇女，还时不时地向我这个穿着“立领学生装”的“街廊青年”笑看张望，指指点点。初到田头，半天劳动，人陌手生，一切都是外行。我似一个外星人初到了地球上一般，一时间成了妇女们劳作之时谈笑议论的对象，搞得我极不自然，半天不知所措。幸亏还有良华、仲才和根良等几个同龄小伙一起做伴，教我铁锨平整泥土的方法要领，让我在强作镇定中，度过了半天忐忑的劳动时光。将近完工歇晌午的时候，副队长殷源元来到了“上秧地”。

殷源元查看过“上秧地”平地碎土的质量后，来到我们几个青年小伙身边，对我们说：“机灌站建设马上要完工了，只是洋龙马门上还需要一块搁洋龙水管的巨石，作为‘镇门石’，老队长已经看中了在祠堂湾整平野山时遗弃的一块大青石，大约重有 1500 多斤，需要八到十人才能抬得动它，你们四人小青年，下午一起来‘上四亩六丘’工地上帮忙搭把手吧。”

听到副队长的安排，我心中立刻感到一阵轻松，下午，我总算可以逃出这“女人圈”了。不过，这“上秧地”周围，柳青水绿，鸟啼鱼影，这也许是殷家油车最美的风景之地，实在是让我喜欢。

从我家到队上，一个来回近八华里，步行要近一个小时。回家吃过午饭后，刚丢下筷碗，我就早早地去了殷家油车村上，找了良华、仲才和根良几个一起，来到北块区的野场上。

## 勇抬千斤石

说是野场，的确是给人有很“野”的感觉。你看，这野场周围，除了西边百米外的低场上有独宅基周家一户，野场的南边是周家浜河，河对面是大片农田。东边和北边，就是以前祠堂湾那常常闹鬼的野山通过改造后的广阔田野。因为野山刚毁，树木被砍伐后显得无遮无拦，眺望远处，五月的田野，只见一片麦黄。

新“洋龙马门”，修筑在高高的“上四亩六丘”东南处田角上。“上四亩六丘”西边，是通向金家村的官道。紧靠官道西边，是周家竹园近亩的大片青翠欲滴的竹林。在“上四亩六丘”高田下东南边，是生产队仓库和野场。生产队仓库最西边的一间，是为安装固定总机灌站刚盖好不久的机房。屋内居中，一台柴油发动机和一台水泵，通过三条三角皮带紧连在一起。那黑油漆漆过的“洋龙水管”，一头连接着水泵，另一头从机房的墙角破洞而出，大蛇般弯伸到墙外，以一个黑弯管连接着抽水管，垂直下探到马门丘高田下那新开的连接周家河的壕渠中，等待着主人随时可能的启动。

机房的隔壁，是五保户鳏夫周小五居住的矮茅房。茅房的门口摆着一张破旧的小木桌，小木桌上放着周小五常提着它去镇上茶馆享受“皮包水”的白瓷茶壶，和一只盛有深红色茶水的茶盅。太阳下，周小五正坐在桌边的独座凳上，悠闲自在地喝着茶（他曾是我学莳秧的师傅）。周小五身旁的墙脚上，十来个等待开工的人们席地而坐，他们议论着下午开工的事情。

老队长殷根林，首先看到我们四个半大青年的到来。他抬头看了一下太阳，站起身对大家说："不、不、不早了，快、快、快一点钟了，开、开工吧。今、今天早、早完早、早歇。"他又转过身，对我们四个人说："你、你们四小青年，跟、跟着他们一起，去、去许家河稍边，帮着把那块搁、搁在湖、湖溏里的大、大青条石抬、抬回来，小、小心安、安全。"

在家里时，我曾听到父亲谈到过，老队长虽心地善良，却有"话愣子"的毛病。今天亲见后，想不到老队长的"话愣子"竟愣得这么厉害。

"上工了。"四十多岁的副队长殷源元带头站起身，一行十多人举着杠棒，拿着绳索跟随在他的身后，向东北边的许家河而去。

碧水清清的许家河，位于原来的野山下，一座精巧的小石桥，架通了两岸的官道。河的对岸，是许家队的辖区。原来钱家大坟的两个坡体土墩，高的有近一丈，依然残留在河稍对岸东北处，河稍里茂密的芦苇，迎风摇曳生姿。

河稍这边坡下，一条近六尺，见方约二尺的大青条石，静静地躺在湖塘角落里。十多人围绕大青条石，观察了几分钟，人们七嘴八舌，纷纷发表着如何在青条石上系几档绳索的意见。青条石原来是钱家祠堂石坊基上的遗石，正面还留有残缺不全、模糊不清的文字，估计重达 1500 多斤，需要十多人才可能抬得起它。可青条石长约六尺余，两边肯定挤不下排五档或六档人抬着它同时迈步行走，最多只能排三挡或四档，但青条石又太重，如安排六人抬，要抬起它恐怕非常吃力。

副队长殷源元考虑了一下后，果断地说："先安四档系索，八人抬试试，其他人手托扛棒帮着减轻抬杠人压力，等抬出湖溏上岸后，吃不消的再换人。力气大一些的，先上。"还是副队长的意见具有权威性。他绕着青条石观察一遍，叫人用四根杠棒以扛杆原理的办法，撬起了青条石的一头，然后他手拿绳索蹲下身子，将绳索穿过青条石的底部，扣成一个能穿过扛棒的洞结。依此方法，四档绳索很快就系好了。

"先上八个人，那几个先上。"副队长问道。现场十几个人，竟然你看我，我看你，没人应声。"我看，要抬出这个湖溏，上坡的这一段路，是最窄也是最陡的，四档抬杠人，要前矮后长，否则后边的人因为受力太重，会吃不消的。"说话的是有源伯，六十多岁了，在现场的十多人之中，数他年纪最大，经验最丰富。

有源伯的话，提醒了副队长殷源元。他开始点兵了："祖林和我最矮，我俩排第一档，祖源和仁源排第二档，祖泉和连元排第三档，关华和小华你们人长得最长，排最后一档，其他人帮着托杠棒。"

被点到名的，听了副队长的安排，纷纷拿起杠棒，走到系好绳索的青条石旁，准备抬石。小华却推托着说："啊呀，我可不行，我的腰刚闪不久，扛不了这重物，换个人吧。"小华是个机灵鬼，干活拈轻怕重，在队上是出了名的。听了小华的推辞，大家你看着我，我看着你。顿时，现场的气氛有些凝重。

我与四个伙伴一样，站在湖塘上，眼见这种情形，一种不知天高地厚的冲动，突然涌上我的心头，我脱口说道："我与华叔差不多高，华叔腰不行，我来试试！"副队长殷源元转过身，惊诧地看着我说："你，能行吗？这青石可能有1500多斤重啊。""我两年前就和父亲一起为供销社跑运输，俩人经常把450斤左右一桶的菜油，往船上抬下又抬上，最多一次一下子抬过十几桶。现在这块青石八个人抬，平均每人负重200斤左右，应该没问题的。”说话间，我已经站到了青石旁，接过了关华从绳扣洞结中穿过来的杠棒。副队长殷源元见了，大声说：“好，小青年你真不错，那你就试试，若吃不消就说，别硬撑。”“嗯，我晓得了。”那时间，投在我身上的，是人们惊讶加赞许的目光。

可能是一个“街廊青年”的勇气鼓舞了大家，现场气氛显得热烈起来。副队长发号令说：“现在，大家杠棒一起上肩，起杠时，同时先跨左脚，听我号令，准备起啦，起……”随着四档八人起杠的同时，一股原始的巨大动力，瞬间在我的胸内聚集，并迅速贯向肩头、贯入双腿。“嗯唷，哎唷。嗯唷，哎唷。嗯唷，哎唷……”深沉的号子，响彻许家河畔。其他则人蜂拥而上，伸手托杠的，搀扶抬杠人的，大家好像抬扛着食物的蚂蚁团一样，紧密地拥挤在一起，往通向高田的陡坡，缓缓上行。“嗯唷，哎唷。嗯唷，哎唷”的号子声，让人们顷刻间心意相通，众人虽肩负重压，却步调一致地抬着千斤巨石，向上四亩六丘新筑的洋龙马门缓缓前进……

镇上来的水利工程师说，因为建的是固定机泵站，所以上水洋龙管，将会长期搁在马门口上。水泵抽水上来时，搁水管的马门口负荷变得巨大，马门口上有了镇门石，水管搁在巨石上，马门口才不会松动，如果没有巨石作为镇门石压着马门口，上水洋龙管长期搁着马门口抽水，马门口不久就会松动垮掉的。现在完成了“镇门石”的安筑完成，也是完成了能在洋龙马门上架起黑洞洞的“上水洋龙管”最后一道关键工程。

我庆幸自己，能为这个机泵站建设的最后一道关键工程出了一份力。

## 绿波上秧地

新建的总机泵站，经过二十多天的保养，终于要投入运行了。机泵站试抽水上渠那天，马门口漆黑的洋龙水管上，系着大红绸布。镇上水利站的领导来了，大队的领导也来了，殷家油车全队的百姓，大部分到了现场，沟渠的两岸，站满了老老少少的人群，等待着搁在马门口上的洋龙水管，喷水入渠。

机泵房内，负责总机泵站的机师祖元叔，早已调试好了发动机。“开机吧！”随着老队长根林伯的一声令下，祖元叔俯身快速摇动了发动机的铁手臂，“砰砰砰……”随着发动的飞速运转，由三角皮带带动的水泵，快速运转起来。我快步奔出机泵房，刚攀上马门口上渠岸时，只见黑洞洞的洋龙水管口，突然间喷发出雪白的水柱，它像初出山洞的蛟龙一般，哮吼着冲向长长的新沟渠，它沿着各闸门预先设定的路线和灌溉点，一路向南奔流而去。

作为“街廊青年”，第一次见到水随人意地奔流在沟渠间，很新奇也很兴奋。我追逐着沟渠中的水流，仿佛要与它比赛一般，一路小跑，向南而去。沟渠中奔流的河水一路往南，最后的灌溉点，居然就是二十多天前我初次劳作的“上秧地”。“上秧地”已经上好了一层作为秧田基肥的浅褐色农家猪灰，太阳下，正散发着微微的臭味。

我坐在田岸上，看着清清的渠水，从田尾向田头渐渐漫去。心中不禁寻思起来：有史以来，村民们往这“上秧地”里上水灌溉，向来习惯是从田头的马门口抽河水入田的，水再慢慢向田尾流去，并通过田尾的缺口，再向隔壁的田间灌流。今天却倒了个头，这丘“上秧地”会习惯吗？从此的“上秧地”，翻开了它历史使命中新的一页……

“上秧地”灌水后的第三天上午，全村的男劳力，在根林伯的带领下，统一带着铁锹和土铲，赤着脚，集中在这丘二亩左右的水田中，拉线起沟，做着秧板，开始下播已培出白芽的稻种。

副队长殷源元是个播种能手，以往生产队的稻种和麦种，大部分是他亲手播下去的。可能是那天在抬大青石时，我有自告奋勇的表现，副队长对我开始欣赏起来。在秧板做得差不多完成时，副队长把我叫过去。他竟然交给我一只盛了半挽稻种的竹挽子，然后还亲自示范，教我播起稻种来。“播稻种这活，虽是技术活，也是开眼活，只要认真，学会并不难。”副队长边示范边教着我说“这沿河岸的几垅秧板你来播，你试试。过几天，秧苗露出水面后，就能看出你的领悟力高不高了。”

做好秧板的人们，坐田岸上开始歇晌。众目睽睽下，我心怀忐忑，提着盛着稻种的竹挽子，在副队长指定的几垅秧板上认真、仔细地播着稻种，一去二回，一板又一板，约半个小时后，我终于完成了副队长指定六块秧板的播种。许多人过来察看，有源伯是个经验丰富的老农。他看过后对我说：“初看上去，这疏密度还算均匀，只是几个板角上还有漏播的，要补几把稻种。”我按照有源伯的指点，在几个漏播的板角补撒了稻种。在“上秧地”半天的劳作，终于结束了，我非常高兴又学得了一项新的农技活。

三天后，“上秧地”的稻种已露出了嫩嫩的黄芽。一个星期后的上午，我又经过上秧地，见刚新补上一片薄薄水层的“上秧地”，嫩黄的秧苗露在水面上。阳光下，秧田水面上银波粼粼，针尖般的秧苗，如碧螺春茶的嫩芽，均匀地露现在二亩左右的水面上，让上秧地周围的景色，更显出了江南水乡的秀色和灵珑。再看那我亲手播种的六块秧板，长出的苗，疏密度与副队长播的秧板几乎没有差异，心中的兴奋，使我完全忘记了自己当时的状况……

夏种抓三莳。所以有农谚叫作“头莳黄秧二莳豆，莳完黄秧种赤豆”。稻种，从入播到秧苗移栽，经过几次追肥施药，大约需要一个月的生长期。农作物的季节是不能脱的，六月下旬，是秧苗临将移栽时光。我对“上秧地”里秧苗的眷顾，可能是最后一次了。

站在秧田临河的田岸上，环顾四周，空气那么清新，太阳晒着秧苗的味道，如“阳春面”中加了葱花一般地清香和让人耐闻。田间，一大片尺余高的秧苗，绿波油油，在微微的夏风中，如波起伏。各秧板块间的沟槽里，已长出绿色的水藓苔，隐在秧苗间的青蛙，鼓鸣声时断时续。一群群如逗号一样的黑色蝌蚪，在沟槽间自由地游来游去，显得是那么有趣。此刻的心中，早已忘记自己究竟是第几次来看这些秧苗了。

在殷家油车队接受再教育近十个年头，这美丽的“上秧地”似是我初恋的情人，让我那样难以忘怀。如今，四十多年过去了，而在“上秧地”所曾发生的一切，犹如一幅美丽的油画，依然清晰地留存在我的心中。

2018 年 2 月 12 日

# 清清的葫芦墩河

清清的葫芦墩河，是乡间沃野上的一条小河，全长约三百多米。它葫口朝北，葫底在东南方向，似一只巨大的绿葫芦，在高田“突乱丘”正北方向，静静地卧躺了千百年。

葫芦墩河，河水并不深，最深处不到两米，许多的浅处，才过腰或齐肩深。但是，葫芦墩河那葫芦形曲线的两岸，却高高的，河岸下有宽阔的滩涂，呈坡形曲线下延。河的两岸和四周河滩上，常年生长着青青的、茂密的芦苇，以及许多茭白和野水芹。清早或傍晚，在葫芦墩河上，那茂密的芦苇和茭白丛中，常常会有传出鸟儿的啼鸣声，也时常见那些野鸭儿，在葫芦底宽阔的水面上，悠闲地飘浮，或展翅飞过。

## 葫芦墩河的旧传说

说起葫芦墩河，我曾听当地有这样一个传说：在上千年之前，长江的西北边，有个神仙叫铁拐李，铁拐李神通广大，善飞能变，他随身还常带有两个法器，铁拐和酒葫芦。有一天，铁拐李听说东海里，有一座山色景致异常秀丽的神仙岛，叫蓬莱岛。铁拐李很想去游玩一番，他特地邀约了他的另外七位仙友，一起到他隐居的淮南山中做客饮酒，商议去蓬莱仙岛的事。

铁拐李的七个仙友，都是道家高士，他们分别是：手执芭蕉扇的汉钟离、倒骑毛驴的张果老、臂挎花篮的蓝采和、手拈莲花的何仙姑、肩背长剑的吕洞宾，还有手执横笛的韩湘子和双手捧着玉板的曹国舅。八位仙道在铁拐李处酒足饭饱之后，择吉时一起腾云飞奔，直到东海。

在东海边，八位仙道见海中水涛汹涌，巨浪惊人。长剑吕洞宾建议，各位仙友何不以法器投于水面，化作坐楫各显神通而渡？众仙响应吕洞宾的建议，将随身法器投于水面，然后乘于法器破浪而去。

想不到铁拐李等把法器投于海面时，海面上掀起了滔天巨浪，水中如翻江倒海般地震动。动情闹得太大了，被东海龙王手下的巡海虾官发现，迅速报告了东海龙王。东海龙王闻情，恼羞成怒，竟召集所有虾兵蟹将，率兵出来阻止。刚饮酒后的吕洞宾等，借着酒力不买东海龙王的账。顿时双方剧争之下，便动手打了起来。铁拐李不惧迎战了东海龙王的二位龙王子。铁拐李机灵，明白此刻众仙的法器都化作了乘楫，水面久战，肯定吃亏。他眉头一皱，计上心来。铁拐李佯作不敌二位王子，转身便逃向岸边。两个王子不知是计，随后急追，左右夹击而至。斗乱中回到了海岸边，铁拐李收起葫芦法器背于肩，凭手中铁拐勇斗二位王子。铁拐李的铁拐，是法力巨大的兵器，铁拐李左挥右劈，将刚出道的二位王子打得渐渐招架不住，铁拐李乘势取过肩头的葫芦法器，向其中一位王子猛力投去，这个王子头顶中了葫芦法器重重一击跌死当场，从空中跌落尘埃，跌出了一个犭形大坑。再看那个葫芦法器，也底朝南，口朝北，跌落在龙子头顶处，跌成了一个近葫芦形大潭。二位龙子已死了一位，另一位便经不住铁拐李两个回合，便命丧于铁拐下。东海龙王见二位龙子已送命，眼看敌不过八仙，便率早已吓得魂飞魄散的虾兵蟹将们，逃回了龙宫。铁拐李他们才收回法器，重渡东海，来到了蓬莱仙岛。

“八仙过海，各显神通”的故事，从此传闻天下。传说中，当年铁拐李与二王子打斗的地方，就是后来的农田名叫“突乱丘”，在铁拐李掷葫芦法器杀死龙子时，葫芦法器掷出的葫芦形大潭，便是如今的葫芦墩河。葫芦墩河底向东有一条横成“犭”形的河，原称王子河，也作王家河，据说便是东海龙王王子从空中跌落时压出的大坑，后来当地百姓误称为横子河，或横河，葫芦墩河底与王子河紧紧连在一起。在王子河的北边三百多米处，是王家宕，宅基上都是王姓。传说他们都是那个龙王子死后化作凡身所传的后代。另外一个王子跌死的地方，也化作了一个大坑，它在葫芦墩河西边，俗称“将趴泾”河。这条河，现在还在呢。

## 葫芦墩河开自留田

葫芦墩河正西方向约一华里处，是独宅基陈家宕。年少时，父亲是县委宣传组派驻跃进村的联络员。因为父亲经常下乡，便常骑着自行车带上我到跃进村，把我寄托在独宅基陈家宕。当年，陈家宕有兄弟三人，已各自成家。他们的父辈均已不在世了，但是他们的老祖母，还硬朗健在。陈家老祖母姓朱，不知叫啥名，听人们都叫她陈朱氏。陈朱氏虽年逾九十，却耳聪目明，能烧能洗，纺纱织布，她一人独居在堂屋内。闲时，常与三个孙子家的玄孙和玄孙女做伴戏耍。关于葫芦墩河的传说，便是我从陈朱氏口中听来。

葫芦墩河北口，正对的是殷家宅基，处于低洼处。按理说铁拐李的葫芦是法器神具，内纳仙气，葫芦口近千年来正对坐北面南的殷家宅基，殷家宅基应该有所造化。但是从我幼时所见至今，殷家宅基非但无得其益，反倒村庄零落，人畜多患。懂风水的行家说，可能是凡夫俗家经受不了铁拐李那宝葫芦口中溢出的法力仙气，所以……

神话归神话，传说毕竟是传说。七十年代初，我家被下放到农村。想不到接收我们一家的生产队，正是殷家宅基队，记得那年我才刚过十六岁。

说起与葫芦墩河之缘，是因为生产队两个老队长的善良安排。我家住在葛墅镇北街，每日到殷家宅基队田间劳动，之间来回有五六华里远。葫芦墩河正南上方的高田，称“突乱丘”，与北市稍队和王家宕队所辖的田块，相处于三交界。曾听父亲回忆说，解放初的土改时期，葛城乡政府曾在这个三交界区域设过临时指挥所，父亲是县委宣传组（部）的干事，曾被安排在这指挥所担任过联络员。

殷家宅基队距离小镇我家最近的田块，就是队上最南边的田块“突乱丘”，有三亩多地，与葫芦墩河西岸的“殷家油车基”相邻。葫芦墩河西岸滩涂上的高田，是生产队的水田。高田下，原来是处荒的滩涂。老队长怜惜我家路远辛苦，为照顾我家，将葫芦墩河西岸南段的“油车基”废地与旁边的滩涂，加上“突乱丘”北岸低处的湖塘及葫芦墩河南岸东段的部分滩涂，随河面成C形状、合起来约计有半亩多废地，划拨给了我家作为自留田。

据说“殷家油车基”遗址上，曾是殷家宅基老辈中人所加工菜籽榨油的油坊。后来因榨油坊停业而被废弃，两个花岗岩石大磨盘被遗弃在露天，像一对地眼，不分昼夜地观察着世道的变化。

有了自留田，我家就与生产队其他村民一样，每天除了出勤参加队里的各种农活外，只要稍有一点空隙和时间，父母亲们勤奋辛劳的身形，便会忙碌在葫芦墩河岸边处荒的滩涂上。他们开始把“油车基”废地进行平整，堵塞了地块上四处相连的老鼠洞（因为曾是榨油坊），把地翻耕后改造成水田。我随着父母亲，每天抽空在自留田上除草、平地、耕种、挑水、浇地，把自己在学校放学后所有白天的时间，都投入到了对葫芦墩河边处荒滩涂的改造中。由此开始，我与葫芦墩河结下了长达十多年的朝夕之缘。

## 葫芦墩河筑新鱼坞

“自留田”是六十年代初期的产物，它的产生，为农村的农闲时期，起到了调节村民生活时间，提高村民生活质量的作用。我家虽然是在七十年代初被迫到农村的，但生产队领导和村民们，从开始对我家的看不起、刁难，到后来补划自留田的照顾和帮助，都充分反映出农民们朴素待人的情感。

葫芦墩河边上的自留田，经过我们辛苦的劳作和改造，终于出现了勃勃生机。初秋，原来被废弃油车基，已改造成的水田，第一次长出了一大片青青的稻禾。沿河成C形的滩涂半圈，也种上了南瓜、毛豆、山芋和青菜等，作物茁壮茂密。就连“突乱丘”北岸低处常年浸水而发臭的湖塘，也因改造而长出了茁壮的稻禾。初秋季节，葫芦墩河四周，芦绿水清，那杨柳树条，随风摆舞，树上飞鸟争鸣，站在河岸上看葫芦墩河，可以清晰地见到河面上的群群小鱼，在水中自由自在地追逐游动。大片芦苇绿波油油，在秋风中微微起伏，隐在水茭丛中的青蛙，鼓鸣声时断时续。真可谓，鸟啼鱼影，一派如画的美景。

父亲，却并不满足于眼前的成绩。队上收工后，又经过葫芦墩河，父亲坐在西滩下自留田的岸上，边抽着烟，边自言自语地说：“如果能在这葫芦底C形的左拐弯处，挖一个鱼坞（窝）就更好了。”

正弯腰侍弄着山芋藤的母亲，听后直起腰来说：“好是好，可能行吗，队上会同意挖吗？”

父亲好像已下定决心了，他站起身，走上高田岸，对母亲说：“我这就去找老队长，试试问一下。”话音未落，父亲坚定的脚步，已经向三百米外的殷家宅基而去……

天黑的时候，父亲才回到家。父亲兴致勃勃地告诉母亲：去老队长家时，副队长正巧也在老队长家。两位队长听了父亲想在葫芦墩河C形的左拐弯处的自留田下，挖一个自家鱼坞的想法后，并没有表示反对。而且，副队长还说，队里没有这方面的规定和限制，再说村上许多村民人家，在村辖区的几条河里都挖有私人鱼坞，你要挖就挖一个吧。

母亲听了父亲的话，非常高兴。刚巧次日是星期天，我放学在家。父亲一大早就把我从床上叫了起来。胡乱吃了点早饭，两人便带上扁担、粪箕、铁杵、铁铲、铁锨等工具，来到葫芦墩河自留田下C形的左拐弯处，开始了开挖鱼坞的“工程”。

葫芦墩河水域，虽然并不太深，但是想要让鱼儿愿意在鱼坞中“安家”，那么这个鱼坞的深度，必须至少比河中深水域处更深，并且要避风和向阳。我家挖的鱼坞，选在C形向东靠南的左拐角处，“避风和向阳”没有问题。但要挖得比河中深水域处更深，这至少要多挖两个立方的泥土呢。在学校，我的计算还可以，心中大概计算了一下，我家挖的这个鱼坞，长约4米，宽约3米，深约2.5米，加上坞壁中部四周还要挖许多藏鱼洞，坞底也要挖许多藏鱼洞，坞底中间要开排水槽等，扣除原有的水深约1米多，这样要挖的泥土将超过25个立方。

秋天的季节，凉意渐重。父亲和我，却不知哪来的力气，干得满头大汗，仅穿着一件单衣，顾不得回家吃饭和休息，到太阳落山的时候，才基本上完成鱼坞所需要的深度。母亲见我们没回家吃饭，下午摊了面衣饼，给我们送到了河边。当我们把鱼坞设置的大大小小的藏鱼洞和坞底的排水糟等全部挖好时，月亮已经有三丈高了。在月光下，父亲和我额头上的汗水，都泛着锃亮的光芒。劳累中的父亲，高兴地似完成了一项伟大的工程一般。

“可以放水进鱼坞了。”父亲挥舞着铁锨，在鱼坞靠东与水面处挖开了一个半米多宽的缺口，哗啦啦的河水，便迅速地流入新挖成的鱼坞中。月光下，我拿起铁铲，在父亲挖开缺口上，配合着捞泥，以加深缺口的深度，随着湍急的水流，已经疲劳异常的我，似乎看到有许多鱼虾，正随着流水成群结队地、不断地贯入我们为它们挖好的“新家”中。我想象着，我家今年的除夕，桌上的菜多了几碗新鲜的鱼，还有鲜红鲜红的蟹和鲜红鲜红的虾……

## 葫芦墩河的鱼虾香

我家的生活，从下放农村开始，变得万般艰辛和死气沉沉。我家的生活，又从被补划自留田、开挖鱼坞开始，变得忙碌而有生气，有了盼头和希望。大部分的因素，都是因为自留田和鱼坞，让我的父母和全家人，每天沉浸在几乎没有休息日的劳作中。

葫芦墩河周围，可能因为是仙道铁拐李的葫芦法器压出来的风水宝地，所以这里年年会风调雨顺。特别是我家的自留田和鱼坞，朝东向阳，又地处这宝葫芦腹部底部，凡种上的农作物，年年顺意，季季长势喜人。父母亲将废油车基改造成的水田后，以水稻和西瓜（或南瓜）隔年轮作种植，年年长得惹人注目。记得有一年种上了西瓜，两分多的瓜地上，到处滚满了深绿条蓝的大西瓜，常有来人偷摘，父亲就在瓜地边上搭了一个看瓜棚，强迫我整个暑假在瓜田间看瓜，连我的暑假作业，都是在炎热的瓜棚里流着大汗做完的。

葫芦墩河原来那些滩涂上的自留田，自从种上了农作物后，种啥长啥，长势喜人。生产队的村民们上小镇购物，来来往往，每天都经过我家的自留田，都赞扬我家会种，羡慕我家种得好。父亲私底下戏说“这是因为得了仙道铁拐李宝葫芦灵气的佑护”。

静静的葫芦墩河，四周的野生茭白和野芹，也是我家的额外收获。凡到了夏天，河中的水温刚回暖，下河抓鱼捉虾摸螺蛳，是我最喜欢的事，顺便采上几把野生茭白，或野芹，为晚饭添上几个菜，常常会给因思忖家中经济困难的父母亲，带来意外和惊喜。不过，因为我常常下河入水，双腿的关节因此而得病，直至二十多岁后，在县砖瓦厂打工时，因病重迈不开步子，甚至迈不上台级，才引起厂领导的关心，通过部队转业的厂医吴医生坚持帮我几个疗程的针灸后，才逐渐恢复。

我家开挖的鱼坞，也没有让我父亲失望。鱼坞挖成的当年腊月，是对鱼坞的第一次淘水捉鱼。记得当年除夕前某一天的早上，太阳特别地明媚。父亲叫上我，把系好四根麻绳的粪桶上，背在肩头，又拿着准备好的铁铲、铁锹和竹篮等工具，和他一起去乡下葫芦墩河掏鱼坞。

从九月初开挖好鱼坞算起，到腊月，有近半年时间了。我大伯虽是镇上商业店员，他家竟也有私挖的一个鱼坞，在小镇北街稍外吴家浜东头的向阳坡下，一年中会淘干两三次。大伯生的三个女儿，干力气活不行。他每次去鱼坞淘水捉鱼，总会叫上我去帮忙。不过，大伯家的鱼坞太小，位置又选得不好，每次捉不到多少鱼虾。如今，我家终于有自己的鱼坞可淘了，心中的兴奋，不言而喻。

整个上午，与父亲各扯着两根系在粪桶上的绳子，在鱼坞里奋力淘水。到中午时分，鱼坞里水终于淘干了。水干才见分晓，你猜怎么着？哈哈，坞底的有鱼儿在残存的水中横冲直撞、拼命乱窜。还有那些躲在鱼坞壁上藏鱼洞内的鱼和虾，也在残水里努力地扑腾。

“看来鱼蛮多的。”父亲说着话，用一只手将铁铲撑在鱼坞底，作为支撑点，小心翼翼地沿着坞壁上预先挖成的踩坑点，另一只手扶在坞壁中部的藏鱼洞口，慢慢地下到了坞底。我站在鱼坞的堤上，心里明白，坞底的水虽然残存不多，但一定是冰凉冰凉的。可是，神情投入的父亲，此刻却浑然不觉水的冰凉。他把手伸到身边坞壁的藏鱼洞里，很快摸出了一条鳜鱼，还抓到了几只大虾，丢到了我吊下去的竹篮里。父亲依次顺着坞壁上的藏鱼洞，一个一个摸过去，一圈下来，竟捉到了 20 多个鳜鱼，还有三个土孵鱼（又称塘鲤鱼）和许多虾。

寒风中，出过汗后背上发凉的我，抖擞着问父亲道：“爸，您冷不冷？要不要我也下来帮您？”父亲边揭开盖在坞底藏鱼洞上的碎缸片，伸手向水中捉鱼，边对我说：“别下来了，水太冷了，你吃不消的。我一会就捉完了……”父亲的话还没说完，在父亲伸进手去的那个穴洞中，一条大鱼突然向上蹦了起来，它这一扑腾，将洞中的水拍得近二尺高，把父亲的大半条裤子都弄湿了。父亲见了，开心得不得了，“哈哈，是一条大白鱼，起码有二斤多。”只见父亲蹲下身体，摆好架势，不顾一切，双手快速将洞水中的大白鱼按住，抓出洞来，掷进了淘水的粪桶内。

父亲在坞底继续着，牵系在我手中绳子另一头的竹篮，越来越沉，我估摸着这大半篮子鱼虾，少说有七八斤重。噢，对了，还有粪桶内的那条大白鱼呢。

站在鱼坞堤的我，看着坞底忙着蹲上又蹲下的父亲，眼中恍惚又见到家中大年夜餐桌丰盛的大菜，那条大白鱼整条横在大花盆中，香味随着热气升腾，慢慢弥散开来……

随着父亲的平反和户籍的回城，我离开葫芦墩河，已经有三十多个年头了。葫芦墩河畔，留下过我年轻时辛勤劳作的身影和汗水，留下过我对乡间风光的赞叹和美好生活的憧憬。

如今，再次来到静静的葫芦墩河边。因为河水的污染，葫芦墩河边，杂乱的野芦苇和细瘦的野茭白，没有了旧时的青翠和盛茂。河中，见不到串条鱼成群游弋于水面。满河的死水草，乱叶漂浮。水面的上空，不见了贴近着水面掠过的抢鱼鸟。南沿河上我家自留田和传说中当年铁拐李与龙王子打斗的“突乩丘”，变成了新国道的路基，王子河一样不见了踪影。若在清晨或傍晚时，再经过葫芦墩河葫芦底月亮一般呈 C 字形的水域时，肯定再也见不到有野鸭漂浮在远处的水面上了。

眼前所有的景象，让一种无名的惆怅，涌上我的心头。

2019 年 2 月 6 日

# 我的茶馆书场缘

旧时乡间的小镇，大部分开设有茶馆，若某个集镇上没有茶馆，或茶馆经营不好，这个集镇的人气肯定不旺，生意经营必定清淡。说到茶馆，就会想到书场。旧时，多数茶馆为了吸引茶客、拓展生意，会在茶馆中开设书场。可以说，那时茶馆生意的好坏，是小镇是否繁荣的“晴雨表”。

我的家乡，是一个幽远古老的江南小镇，有近1200多年的历史。在历史上，小镇曾处于东西南北的交通要塞，是军事地图上标清的必经“军事路线”。南来北往经过的行人，曾带给小镇非常繁荣的景象。常听老人们说，在古时候镇上有乡政府，警察署，商铺众多，有布店、南货店、酒店、药店、肉庄、烟杂店等各种店铺一百多家，仅茶馆，就有二十三家，生意兴旺、市面之繁荣，可见一斑。

20世纪六十年代初，小镇上还保持各种商铺四十多家，其中三家是茶馆。剩下的这三家茶馆，分别是北街头桥堍的顾记茶馆，北街中部的方家茶馆，南街中部的金家茶馆。三家茶馆中，数桥北桥堍的顾记茶馆桌数最多，规模最大。

顾记茶馆俗称“大茶馆”，由集体商业经营，它地处市镇中心，与菜场为邻，生意最好。方家茶馆，距我家仅十多步，它是以方家空关的私宅，改建成的茶馆。方家茶馆的场地，与顾记茶馆差不多大，但室内光线差，给人以压抑感，去的茶客不多。金家茶馆，地处南街，偏离镇中心稍远，是私家置办的茶馆，生意规模最小，竞争不过北街的两家，勉强维持经营。

记得是在我十一二岁那年头，方家茶馆的老板为了招揽生意，在茶馆开设了书场，聘请常熟、苏州等地的评弹艺人、说书人，到茶馆开坛弹唱、说书，《狄公案》《包公断案》《七侠五义》等数档名家名篇，把原本是顾记茶馆的许多老茶客吸引过了，一度生意兴旺，夜夜满座。

那些年中，我家生活困难。为了增加家庭收入，母亲硬撑着虚弱的身体，白天做着摆摊贩卖板栗、桃子、杨梅等小买卖的营生，晚上挎着装着炒熟南瓜子、花生米的“三角包”的竹篮，往书场跑，在书场中吆喝叫卖。我虽年幼，却非常喜欢听书，就以帮助母亲卖货的幌子，厚着脸皮轻声吆喝着“香脆的花生米，番瓜子”“啥人要买花生米，番瓜子”。借着卖货的机会，混进方家书场里去“听白书”。

方家茶馆开设的书场，拉走了顾记茶馆将近四成的老茶客，使顾记茶馆生意大幅下降，让顾记茶馆经理的心里愤愤不安。顾记茶馆经理原是个道士出身，写得一手好书法，颇通文化，交友广，与远近书档名家熟悉。为了拉回老茶客，重振他小镇第一茶馆地位，他取得上级商业领导支持，想办法请来了苏州、无锡、上海等地有名的评弹艺人和评书名人，如顾宏伯、金声伯、邢晏春、蒋云仙等。这一档档书坛名艺人，先后在顾记茶馆开坛说唱，十天半月更换一档，曲目有老百姓熟悉的《岳飞传》《彭公案》《施公案》《小五义》《玉蜻蜓》《双珠凤》等等，还以听书送茶的名义，降价吸引茶客。名人名篇的开演和茶费降价，吸引了小镇周围许多听客纷纷到场。大约一个多月后，顾记茶馆不仅把失去的四成老茶客拉了回来，还将方家书场多数老听众也吸引了过去。从此顾记茶馆天天满座，方家茶馆的生意，却一落千丈。

方家茶馆想重新拉回生意，也实施降价拉客。两家茶馆，都借开书场和降价的方式，进行斗法。大约对恃了三个多月，方家茶馆的书场，终究没有斗过顾记茶馆的书场。在临近年关时，方家茶馆的白天茶客，仅剩下二十来个人，夜间书场的听客，也寥寥无几。方家茶馆在天天亏损中，硬着头皮挺了三个多月，败下阵来，终于关门歇业，真是搬起石头砸了自己的脚。从此，方家茶馆改行，做起了加工棉花的轧花生意。

南街的金家茶馆，受顾方两家茶馆斗法的影响，受害也不浅，它的一些老茶客，也纷纷过桥去了顾记茶馆。金家茶馆没有了茶客，生意维持不下去，不久也关门大吉了。

小镇上的茶馆，从此剩下顾记茶馆一家独大了。在读初中的那些年，我在每天早上拿着热水瓶，去茶馆的老虎灶上灌开水，总需要排上好长时间的队。后来随着建置的撤并，村镇建设和道路交通的发展，小镇的地位才逐渐下降，顾记茶馆的生意也渐渐清淡了。到七十年代后期，顾记茶馆也歇业关了门。

小镇上再出现茶馆书场，那是在八十年代初的事。我们每个青年人，都有一颗火热的心。那时候我们唱着《年轻的朋友来相会》，怀着“光荣属于八十年代新一辈”的理想和抱负，把青春投入到农村改革的洪流之中。

那年，团书记小钱被调去了公社电影队当放映员。我作为副书记，主持团的工作。除了每天正常参加田间劳动，在空余时间，带领团员青年制作画廊，出黑板报，写墙头标语。组织团员青年们积极参加团的工作和文化活动，还为小镇供销社和农村商店跑运输送货，为团组织积累活动经费，添置团组织活动用的学习宣传器材。组织爱好文学的青年团员，成立“争吐芳文学社”，在黄昏开展学习写作。组织团员去浙江杭州学习旅游等。把团工作搞得有声有色，还获得了团工作全县评比第五名的荣誉。优秀的工作成绩，引起了上级的关注。次年，上级领导和县文化部门来调研考察，认为我们已经具备了建办小镇俱乐部的条件和基础，于是开始在小镇北沿河东街择地建房，盖起了二层七百多平方米的文化用房。房子盖好后，交付团支部管理使用，称“文化俱乐部”。

在俱乐部楼上楼下的走廊，建有团支部的画廊和黑板报。以底楼西边一间，开设了乒乓室。用底楼中间的两间，作为团支部生产加工包装纸箱的文艺工厂。用二楼的第一间，分隔设康乐棋室和图书室兼值班室。在底楼东边用四间房建了一个小电影院。新开的小电影院，成为小镇增添了一个亮丽的风景点，受到小镇居民的欢迎，每天晚上，年轻人喜欢往小电影院跑。在二楼东边的两间，安排开设了茶馆书场兼学习培训室，利用楼梯边上一间附房，砌了专为茶馆书场供开水的老虎灶，还为群众供应开水。

新茶馆书场有九十多平方米，内设有座位八十多个，室内东墙正中的小舞台上铺设地毯，舞台背景墙上画有大幅迎客松油画，其他三个墙面挂有多幅书画作品，使整个室内显出了浓浓的文化气息。记得新书场首场演出那天，是深秋的季节，我们请了一档苏州评弹名家，来室做传统曲目的“开青龙”演出，如今时间已经过去近四十年，早忘记了这档演员的姓名和曲目，只记得当天晚上书场内人头爆满，座位添加至门外，众多的听客，忙得我们来不及招应。此后一连数月，小镇周围许多居民，受琵琶、弦子动听弹唱声的诱惑和吸引，天天往二楼的书场里跑，使书场天天满座。

俱乐部的开设，为小镇周围居民提供了享受文化生活的好去处。可惜的是，随着小镇东边新公路的建成，小镇失去了交通要道的地位，渐渐败落。到一九八四年下半年，我被调任乡文化站工作。家乡小镇坚持了四年多的俱乐部和茶室书场，不久后也随之歇业了。

我担任了镇（乡）文化站长后，为了拓展文化阵地，搞活文化站经济，我又萌生了建办茶室书场的念头。一九九五年十月，我利用站内小礼堂一百八十多平方米的空房，申请并改建成了文化站茶室书场。茶室室内布置文化气息浓郁、优雅，并建有小舞台，设座位一百多。在室外平台上，置有半吨卧式锅炉来供应开水，既保茶室书场用水，又方便镇上居民需求。

文化站茶室书场开业当天，特地邀请了时任市评弹团副团长陆建华先生来室做“开青龙”首场演出。陆建华先生是苏州地区书坛名家，他的琵琶、弦子弹唱功夫，是市内家喻户晓的。记得他“开青龙”演出的曲目是《包公传》，吸引了镇上许多茶客听客的光临，一连十五天的演出，天天客座满堂，生意兴隆。

文化站茶室书场的开设，成为当时全镇唯一一家茶室书场，为丰富居民业余文化生活，提供了好场所，深受百姓欢迎。

随着文化市场的不断繁荣和拓展，社会上各类舞厅、歌厅、溜冰场的出现，文化站茶室书场的经营，受到很大的影响，茶客和听众越来越少，生意下滑，四年后终于歇业了。从此后，镇上再无新的茶馆书场出现。

2020 年 4 月 20 日

# 九日八夜摇上海

## 序　章

“摇”，指的是摇船。七十年代，常熟西乡的农民，摇着农船，从虞山脚下的水路，出发去上海，一路艰辛，一路风尘，风餐露宿，日夜兼程，来回少则七八天，多则超过九至十天。那时候交通不便，生产队运输工具匮乏，唯有的运输工具，是能载两吨多的木船，或可载五吨的水泥船。生产队在近处罱河泥，一般用木船，后来木船坏了失修，派到市区去运大粪，或去上海运氨水，就完全用水泥船了。

那时候种田，主要靠农家肥（猪羊粪）和河肥（河底泥），化肥供应极少。摇着农船去上海，是为了装运回化肥——即氨水。说是“氨水”，其实是上海某制药厂生产过程中产生的废水。这些废水中，含有氨氮磷钾等农作物生长需要的许多成分，是种田的重要化肥来源，深受农民青睐。

七十年代中后期，生产队的农船，大都是混凝土浇制的水泥船。农村的水泥船，不是专业运输船，船上除了备有铁锚、竹篙、船橹、船舵以外，还有就是出航时临时搭在船头上的土行灶，和后隔仓上的硬棚，再没有除他安全设施和生活设备。

农民摇着水泥船，夜以继日，逆风顶浪，一路上经支塘、直塘、双凤、太仓、外港、黄渡、陆家浜等地水路，至少连续三天多，在进入上海苏州河后，才算到达目的地。去时单程约一百二十多公里。农船在到达目的地后，要等待排票头，少则一两二天，多则三四天，才轮到装氨水。农船装满氨水后，再按原水道返程，又得夜以继日，摇船三天，走一百二十多公里。这样一个来回，需要八到十天，总航程约二百五十公里。如果来回时都遇风顺浪静、风和日丽，可以升帆加摇橹，航程还算顺利。如果来回都遇到天刮大风或下大雨，或者是遇到逆风逆流行船，在船上近十天的艰辛日子，不生病也会脱身皮。因此，能被派去上海的，首先是考虑一路上的安全问题，要求都熟练水性会游泳的，必须是清一色身强力壮的男人，决不安排女人。可以说"九日八夜摇上海"是当时我在农村最艰辛、最具风险的生活缩影。

尽管如此，男人们还是抢着去，争着去。认为能被生产队领导安排，出门装运肥料，感觉是"幸运"的。为啥呢？收入高呀。举个例子吧：一个壮劳力，在田头干活一天，才得工分十分。如果加开两个小时早工，再加开三个小时夜工，加起来一天干十四个小时多，最多收入才十五工分。生产队规定，凡被派外出装运肥料的，每个日头是以十五分计，每天还另有菜金补贴。菜金补贴，分近途和远途，若派到市区，每天补贴五角钱。若派到浙江或上海，每天补贴一元五角，甚至更多一些。不过，生产队还有规定，去市区一般规定三到四天必须回来。去上海，一般规定十天左右归来。也就是说，轮到去上海运氨水，工分比往常多挣百分之五十，外加多十几元菜金补贴。所以说，若轮到摇上海，也是幸运的。我曾五次随生产队的同伴们，顶烈日，冒风雨，摇着水泥船去上海装氨水。

莎士比亚在他的作品《暴风雨》中说道："风雨过往，皆为序章。"如今回忆起那些接受再教育的日子，总会想起那年摇船去上海，一路上发生在船上的故事。

## 一

那是从砖瓦厂回到生产队的第二个年头。回队后，继续着每天"面朝黑土背朝天"的日子。没有了窑厂每月的固定收入，在生产队劳作所挣的工分，不够家里糊口度日。于是，我千方百计地争取着，希望队上再安排我去市区运大粪，或去上海运氨水。那年的夏秋相交季节，终于被生产队安排第二次摇船去上海。为了赚每人五元钱运输费的外快，我们预先与大队砖窑联系到，利用去上海时的空船，为吴淞镇带运二千八百块青砖的运输任务。

这一天清晨，我和队上的环环、连源、仁元四个人，摇船到了大队的砖窑厂。青砖，每块重约三斤多。船上载了二千八百块青砖，重达四吨半，加上四人及随带米物等用品，总重达五吨多。满载后船舷的顶面，距水面仅相差十多厘米，若有一个小浪，就能扑进仓来。临行时，为了行船安全，我们将河滩上的泥泞垒在船舷两侧，加高了船舷顶面。环环还去隔壁的六队，借来了一只大铁锚。上午九点多，水泥船才满载青砖起锚出发。

有诗道："一江春水向东流"。船往上海方向，虽一路上是逆风，却顺流而行。一路上欣赏着两岸景色，顶着东北风行进。为了及早把砖运到吴淞镇，争取在三天内到达氨水码头，我们俩人使劲摇橹，俩人上岸拉纤，四个人轮流替换，日夜兼程。大家齐心协力，驾着船赶路，一路上虽异常疲惫。到第二天傍晚，已到达上海郊外，船靠在陆家小镇驳岸上过夜。

次日清早起来后，发现歇船时搁在硬棚上的两竿新竹篙，竟剩下一竿了。我们怀疑，可能是在夜深时，被靠在隔壁的那条船给偷去了。人家的船，天没亮就逃之夭夭了。怪我们又累又困，晚上睡得太沉，没有发觉情况，真是够倒霉的。真是应验了“脚踏平榉（即船板），三分贼举。入得船厢，七分贼相”那句农村俗话。少了一竿竹篙，行船不安全，且极不方便。没办法，只能到镇上供销社，重新买了一竿后，继续向吴淞镇而去。

吴淞镇在上海市北郊区，位于黄浦江通向长江扼道的西岸，与上钢一厂和上钢五厂仅一河之隔，距离市中心大约有十八公里。小镇北边不远处，就是长江。进镇的小河，连接扼道，东边进镇的河口，距扼道流入长江的交汇口，约有五百米。

中午十二点左右，恰逢江水开始落潮，船顺流进入扼道，在宽阔的河面上前行。环环和连源是族兄弟，曾多次行船到过吴淞镇，是有经验的人。行进中，连源说：“摇船到达吴淞镇，必经这一段扼道。在这条黄浦江与长江水流涨落进出的河里行船，无风水流湍急，有风浪高三尺，凶险异常。经常听到，有连船带人，被冲进长江的事故发生。”环环接过连源的话说：“江水的每次涨落，大约间隔四五个小时。在这里行船，必须全神贯注，顺流而行。我的船必须要顺着落潮，先到达左边的小河口。到小河口后，还要在小河口边等上几个小时。等到涨潮时，才能顺着上涨潮水的推力进入小河，再沿小河行约二公里，就到达镇上了。”听着他们的话，我的心情顿时紧张起来。那时并不知道，一个非常危险的考验，正在悄悄向我们逼近。

# 二

在扼道行进了一个多小时，船头前方约八百米外，不见一条行船，只有白茫茫一大片水域，那便是长江入口。再看船前方左岸约二百米处，有一个小河口，小河口内约五十米处，有一座三孔平板石桥。环环对掌舵的仁元说："仁元阿哥，快推梢，对，连续推梢，一定要在河口右岸边停住船。"环环和连源合力摇着橹，船顺着急流，向小河口右岸快速靠拢。我站在船头，双手紧握竹篙，双眼紧盯着前方的河岸，五十米、三十米、十五米、五米，眼见船将到河滩，我用力将竹篙向右舷下河底撑去，欲把船头稳住。想不到河水太深，一篙下去，竟未达河底。一镐下去未撑停船，加上水流实在太急，船头在河滩上撞击的瞬间，船梢顺着潮水，快速向北横了过去。说时迟，那时快。我又用力连下几篙，可都没能阻挡住船横过去的势头。顷刻之间，船头与船艄已经掉了个位。掉头后的船身，快速向长江口方向漂移，漂离了河口近十米，急得船艄上的仁元大叫："奈么好，奈么好。"

情急之中，我快速丢掉竹篙，抱起船头上的大铁锚，用力向岸上抛去。可是，急流推动产生的巨大惯性，大铁锚并没有深勾进岸土中。小臂般粗的船缆，拖行着岸上的大锚，继续向北漂去。如果让船继续向北漂去，必将漂进长江，船沉人亡。眼看大锚即将掉落河岸，在千钧一发之间，我纵身前跃，似射箭般扑向河滩，并快速攀爬上河岸，双手紧紧抓住两只锚勾，竭尽全力把连着船的大铁锚向里岸拉，坚持着拉进了近两米后，拼全力把大铁锚按进深深的岸土里，船终于在河滩边停住了。"停住了，停住了，好险啊。"船上发出一片欢呼声。大家乘势加固了船缆，稳住船身后，在船上耐心等待着潮水的上涨。

已经是下午四点多了，可西天的太阳，还挂得老高老高。远处，炼钢厂飘出的淡淡烟雾，带着酸酸的焦灼气味，缭绕在四周的上空。江水终于开始涨潮了。

顺着上涨的潮流，我们再次启程。掌舵扳艄，船很快进入了通往吴淞镇的小河口。穿过平板石桥，行进了约一公里，来到一个河闸口。闸口湍急的水流，推动着满载青砖的水泥船，射箭般地通过。

连源指着不远处的村落说，前面就是吴淞镇了。不到一支烟的工夫，砖船到达镇上。刚靠岸，环环就先跳上了岸，说去联系托运方，让派人来卸砖。我们三人，分别下锚系缆。连源经验丰富，为防止落潮后砖船搁浅，亲手打下两竿枪篙，让满载青砖的船，与河岸保持有一丈多的位置。固定好船位后，做着晚饭，等候环环回来。

环环回到船上时，天已经黑了。他告诉我们，托运方的负责人说，今天太晚了，在明天早上六点，他会派人来卸砖，保证在九点半前把砖卸完，决不会影响我们在上潮时间进入市区的。大家劳累了一天，腌菜加咸萝卜的晚饭，还是挺香的。饭后无事，便很早休息。睡在船艄的仓面上，两岸的蛙叫和虫鸣声，渐渐地把我催入了梦乡。

## 三

第四天。才清晨五点多，树上的鸟鸣声，就把大家吵醒。起来后才发现，我们的船，竟然平稳地干搁在河床之上。原来是退潮时，小河的水闸竟然不关，导致整条小河基本干涸。仅剩的水流，在河底中央的河沟中，急速地向东北方向流去。我心想，幸亏河底平淌无石，幸亏连源在停船时打下了二竿枪篙，避免了翻船的危险。

站在船头，能看到河沟的浅流中，许多褐红色的东西，在缓缓地爬动。环环眼尖，他叫道："你们快看，河沟里的有龙虾。方方，我们快去捉龙虾。”说着，他在船艄上拿起一只大竹篮和一个脸盆，赤着双脚跳下了船。见环环下河，我也拿起小竹篮，紧跟着跳了下去。我俩在河沟里捣鼓了一个多小时后，捉到的龙虾，竟然装满了两竹篮。仁元在船上大声喊道：“上来吃早饭吧，卸砖人马上要来了，快上来吧。”

还没等我和环环回到船上，委托方的卸砖人，已经来到岸边。他们二十多个人分成三排纵队，以接传球般地方式，快速地把青砖传向岸上。仅用了一个多小时，二千八百块青砖，已整齐地码叠在河岸上。青砖卸完不久，潮水又开始上涨了。九点刚过，卸去重载的空船，已经摇晃着漂浮在小河的水面上。

江水继续上涨中，为了赶在退潮前顺流出扼道，起锚解缆，刻不容缓。环环提议：“必须马上开船，要顶着来潮的逆流出小河口。”仁元说：“水流太急，恐怕逆流出去走不动船。”环环说：“毕竟现在是条空船，两人上岸拉纤，一人把橹，一人船头撑篙，一定要在十点钟前，把船摇出小河口。”我和连源表示赞成。

我和环环上岸拉纤，连源持篙看守船头，仁元负责把橹。四个人齐心协力，顶着湍急的来潮，硬是拉着空船，以每分钟约十多米的速度，向小河口挺进。从歇船的地方到小河口，有约二公里路程，在平常情况下，空船仅需走二十多分钟时间，就可以到达河口了。而这一次，却整整花了一个多小时。过平板桥后，船连续扳艄，沿着河岸右拐，终于来到黄浦江扼道。在船靠岸瞬间，我与环环，双双收纤跳上了船。仁元掌着舵，顺着上涨的潮水，一路往市区方向而去。船到达苏州河，是中午十二点多，恰逢江水又开始落潮，一路顺利。

苏州河，俗称“老港”，这是一条污水墨黑，气味难嗅的河流。沿着苏州河前行了近二个小时，终于到达河左岸那座铁路桥边。铁路桥，名称“大洋桥”。环环指挥着大家，猛力摇船，向河左岸边的桥洞拐去。船顶着逆流，穿过大洋桥桥洞，进入一条小河港，又行五十多米后，左边有一个大河湾，河湾里停满了各种船只。连源说：“这里就是大洋桥湾，是农船等候装氨水的地方。”

大洋桥湾，是一个臭气冲天的污水湾。等待装运氨水的许多船只，都停靠在这里，人们把这个污水湾，当作到大洋桥来装氨水的“排票点”。我们在河湾里抛锚，系缆。环环告诉我说：“从这河湾到制药厂门卫，大约二百多米远，到厂后门码头的氨水灌装点，有五十多米，很方便。”看时间来得及，连源把公社开的介绍信给了环环，叫他去药厂调度室排氨水票头。环环是个勤快人，他接过连源递给的介绍信，二话没说，就跃身上岸，翻过近一米多高的防汛墙，向制药厂而去。一个多小时后，环环才回到船上，他告诉大家：“这趟排票头的船不算多，我们船的票头，排到后天早上第一号装罐，明天大家可以休息一天了。”环环又说：“时间还早，待在船上，闻着使人发呕的臭河水味，太没劲。到街上转转去吧，回来再烧夜饭。”

听得环环的建议，我表示赞成。连源和仁元却不想去。他们说：“来上海装氨水多次了，口袋里又没有钱。碰到上海小瘪三，又要被骂‘常熟狗’，不想去了，你们去吧。”

大洋桥河湾，地处闸北和普陀的交界内，大洋桥区域是个棚户区。新中国成立前，这里的居民大部分是从江北迁居来的，人口比较繁杂。七十年代末期，大洋桥湾边，建设仍然落后，商店稀少，地摊众多，街道脏乱，比起上海市中心差得很远。住在这里的许多年轻人，心态矛盾，一方面嫉妒市中心人，一方面又看不起乡下人，总欺负乡下人，他们经常为了一些小事，和停船在这里的农民起争执，吵骂中骂常熟农民为“常熟狗”。

环环对我说：“芳芳，我和你去吧。”“好的。”我随在环环身后，紧跟着跃上河滩。刚翻过了防汛墙，环环一眼就发现，居民小区路边的自来水龙头没有锁上，他手指着水龙头，轻声说道："乘没人看到，我们洗个脸吧。"他左顾右盼，悄悄地走过去，伸手拧开了水龙头。我跟了过去，一起匆匆洗了一下脸，然后向街上而去。

漫步走在上海街头，环环说，等待装氨水的船，都停在臭水湾，几天的生活用水，是最难解决的问题。黑漆漆的河水，不能喝，不能用来烧汤、煮饭。唯一解决的办法，就是向居民去买自来水。遇到善良的，或许花五分、一角钱，可以买到两三桶水。若碰到刁钻吝啬的，不但不肯卖，还会恶语相加。有时，船工为了节省几角钱，常常乘居民不注意时，偷着拧开水龙头，接些自来水回来烧饭或煮开水。为这个事，船上人没少和这些居民起冲突，受过辱骂，甚至还打过架。环环告诉我：

有一次，我与关华等一起来上海。那天，摇船到大洋桥湾时，天已经黑了，大家忙着系缆搁篙停好船，准备做晚饭。关华自告奋勇地说，我去岸上弄一桶自来水下来烧夜饭。关华上岸后，看到居民露天的自来水龙头，已经锁上了。他只能提着空桶，快快地回到船上。这时候，巧遇江水上涨到最高位。昏暗中，关华站在船头，借着岸上路灯透来的余光，看到河湾里原来污黑的河水，似乎清澈了许多。关华自作聪明地想，没办法，就打一桶河水吧，让它沉淀一会儿后，就可以用来做饭了。关华跪在船舷，弯腰将水桶在河面上荡了几下，提上满满一桶河水，放在船头上的行灶旁。大约吸了二支烟的工夫后，关华用河水煮熟了饭。半个小时后，用"金南凤"米做成的饭，喷香的味道在船上溢散开来。大家早已饥肠辘辘。昏暗中，每人手端一碗米饭，和着家里带来的咸菜、咸萝卜，不管三七二十一，马虎着填饱了肚子。第二天清晨，我起得最早，来到船头，想在水桶中盛水漱牙，发现水桶中漂浮着一小团褐色的东西，心里疑奇，就用牙刷柄去拨弄了一下，发现这竟然是一小团臭浮屎。我站在船头，大声叫喊，责问关华，桶里的水，是不是你昨晚烧晚饭后用剩的水？关华讲，真是的。 我又问，你是不是提的河湾水？关华又回答说，是的。我听了，大骂关华，你这双死人眼睛，不看清爽，用臭屎水烧饭吃，恶心煞人哉。大家听了，聚到船头，往水桶中看，果然是浮屎，都恶心得发呕，人人骂关华拆烂糊。从此“大洋桥湾，屎水烧饭”这件事，成为队里的一个笑料。

听了环环讲的故事，我竟忍不住发笑，又百感交集。

两人漫无目的地在街头游荡。十字街口中间，穿着白色制服的交通警察，打着标准的手势，指挥着来来往往的车辆和行人。我俩一会儿进商店，一会儿入商场，商场内灯红酒绿，琳琅满目。苦于囊中羞涩，我们逛了几条街，却什么东西也没买成。

在街头瞎逛了几个小时，天色已晚，两人原路返回。回到大洋桥南桥坡下时，看到人行道边一个地摊上挤满了人，好像是在叫卖什么东西。环环说，我们过去看看。我俩挤近后，看见一个自称是江边上来的渔民，在大声吆喝，叫卖着几框新鲜的橡皮鱼，每斤卖二角钱。

橡皮鱼，又叫马面鱼、剥皮鱼，形象丑陋，肉质粗。据说，橡皮鱼是热性食物，食用后火气大，容易发病。条件好的人家，一般不食用这种鱼。我曾在家乡小镇的鱼行摊上，买过一次橡皮鱼，每市斤卖二角五分钱，比起带鱼来，便宜许多，味道也挺鲜的。这次摇船到上海，一路辛苦，又好几天没尝到荤腥了。现在见橡皮鱼才卖二角钱，有些心动。

我对环环说：“才卖二角钱一斤，很便宜，我们买几斤吧。”环环说：“好啊，买呢，买三五斤吧。”我却贪心地对环环说：“这种橡皮鱼，撕掉皮除去内脏，可以吃的，剩下一半了。我们船上有四个人，买少了，不够吃三天的，要买就买十斤吧，可以晒鱼成干的。”环环赞同道：“好的，哪就买十斤吧。”见环环赞同，我掏着钱对卖鱼人说：“给我来十斤。”卖鱼人抬头看了一眼我，应声说：“好喽。”

周围的人中，有几个上海女人。她们见我一下子要卖十斤，在轻声地议论：“迪二个常熟宁，买尬许多咋啥，吃勿落勠臭脱格。”“迪二个是乡湖船朗宁，有点神经个。”我用眼稍瞟了一下这几个女人，当作没听到她们的话。那个卖鱼人，在鱼篓中抓了几把橡皮鱼，装在一只破塑料袋中，用木杆秤称了一下，发现分量不够，又加了几条，重新再称时，称梢翘上了天。卖鱼人把塑料袋递给我：“侬看，十斤多点了，侬拿好了。来，二块洋钿。”我笑道：“谢谢侬。”把准备好的二元纸币，递给了卖鱼人。一旁的环环，伸手接过了装着橡皮鱼的塑料袋，说道：“回船上去吧。”

与环环回到河湾时，已经快近六点多了。连源提着一捅自来水，正准备翻过防汛墙。我连蹦带跳地翻过墙，帮着连源把自来水桶拎到船头。看到买回了橡皮鱼，仁元有点兴奋，他说道：“今朝可以开荤了。”开始做晚饭，淘米的，拣鱼的，四个人七手八脚，挤在约三个平方米的船头上，忙着到达市区后的第一顿晚餐。

晚饭后无事，疲惫的大家，倒头便睡。四个人分睡在盖着芦席的中仓和后隔仓里，一夜安稳。

## 四

河水隔着仓底传来的凉气，抵消了河湾的闷热，睡到上午九点多，大家才起身爬出仓外。

大家都没有吃早饭，提前做午饭，两顿合一顿，是行船在外常有的事。有了橡皮鱼的午饭，吃起来觉得特别香。饭后，连源和仁元两人，一起上了岸，说要去附近转转。环环坐在船尾上，双手不断扭搓着家中准备搭篱笆用的草绳。

我坐靠在后仓老棚的棚柱上，阅读着向父亲借来的书。这是一部苏联女作家柳·科斯莫杰米扬斯卡娅小说《卓娅和舒拉》。柳·科斯莫杰米扬斯卡娅，是卓娅和舒拉的母亲。她在先后失去卓娅和舒拉这一对英雄儿女后，没有被悲伤击垮，而是坚强地承受住了这一连串的打击，并且以坚韧的毅力，不知疲倦地进行写作，她以卓娅和舒拉的故事和精神，鼓舞教育了许多青少年，也常常鼓舞着我。

连源和仁元不知道转到哪里去了，下午三点多，他们才回到船上。连源刚在船头站定，就向环环道："环环，我俚的船，是明朝第一号票头灌装，我看再等会潮水停涨前，顺水把船歇停到灌装码头上去，否则等落潮时，又要逆流摇过去了。你看怎么样。"听了连源的话，环环随即起身说："好的呀。我再去买两桶自来水下来，否则到码头那边后，又要没水用了。"

环环从后仓中拿出另一只木桶，走到船头，又顺手提上常用的那只木捅，跳上了河滩，把两只木捅放在防汛墙顶上，利索地翻过墙打水去了。我放好书，下船静候在防汛墙下，等着接环环打回的自来水桶……

连源起锚解缆等在河滩，仁元在船艄已经扶正了船橹。见我和环环回到船上，连源便扯着船缆随后跳上了船头。连源深沉老练，环环机灵活络，两人总是一个撑篙时，一个去掌橹，配合默契，都是船上老把式，也是我们此行的主心骨。

连源和我一起用力撑篙，将船头向右方向撑离河滩。环环和仁元在船尾施劲摇橹扳艄，拨正航道。船在大洋桥臭水湾停了一天一夜后，借着涨潮水流的推力，向制药厂后门的氨水灌装码头而去。

二十多分钟后，船在氨水灌装码头边的桥洞里停下。仁元在后仓老棚的芦席上，拣了几条凉晒干的橡皮鱼，去船头土行灶上，点火烧晚饭。连源熟知潮水涨落规律。他告诫大家，饭后早些休息，明天要早点起来，争取装到氨水后，抢在刚上潮前，船出大洋桥洞，进入苏州河。到苏州河后，船借上潮水流的推力，会省力许多。

晚饭后无事，我与连源早早地在中仓睡下了。

## 五

第五天，才凌晨三点左右。我在睡梦中翻了一个身，感觉身上湿漉漉的。我感到奇怪，坐身起来才发现，席子上有水。急忙打开手电筒查看，只见席子底下，有水在快速向外漫开。我大叫一声："不好了，船舱底被搁穿了。"我的叫喊声，惊醒了睡梦中的大家。

连源急忙起身，掀开了铺在仓地上的席子和稻草，看到仓底中央的混凝土船底，有一个小碗口一般大的裂洞，河水从裂洞中喷泉般涌进仓内。再看我们的船，正半侧着搁浅在河底。环环急忙拿上手电筒跳下船，弯腰查看了下船底搁在河底的位置，抬头说："我们的船，在落潮后被搁在河底的石头上了。"胆小的仁元，站在船尾急得直跺脚："还有几个小时就轮到我们装氨水了，现在船穿了，怎么办？"我看了一下红旗牌手表："现在是凌晨三点钟，马上又要上潮了，怎么办。"

环环老练，他爬上船站在船头说："急也没有用，只能想办法先堵塞住这个漏洞再说。"连源急问："怎么堵。"环环跳进已经积水近五厘米的船舱，对我说道："芳芳，快拿一条毛巾给我，我来试试用毛巾塞一下。"我转身在后仓棚顶上抽了一条毛巾，递给环环。环环把毛巾掇成一团，使劲向漏洞中塞。船身是钢筋和网状钢丝加混凝土浇制成的，裂洞口布满了被顶断的网状钢丝，环环塞了好久，也没有堵住洞口，河水继续快速涌进仓内。我急中生智，向船尾上的仁元，要了一双筷子，对环环说："我来试试。"我拉出毛巾，把毛巾执叠成长条状，又紧卷成一个小卷，重新对准洞口塞进去，竟然塞进去了近一半。可是河水仍然从毛巾卷边缘快速渗出来，我用筷子将毛巾卷边缘使劲向洞内挤压，终于将大部分毛巾塞了进去，河水渗出的势头，立刻减缓了。为了防止毛巾卷脱出，我拿着脸盆，跳到河滩上，把河滩上的河泥装在脸盆里，加些河水捣拌成泥泞状，端上船，连泥带盆紧紧地倒扣在塞着毛巾的漏洞上，终于止住了渗水。连源见了说道："如果装了氨水，恐怕脸盆仍会脱落的。"环环说"有办法的，河滩上有黄石，去搬一块来压在上面，就行了。"我听了环环的话，赞成道："好办法。"我与环环一起跳下船，在距离船艄二十多米的河滩上，弄来一块大石头，搬进船舱压在脸盆底上。连源和仁元也入仓来，他们拿着饭碗，使劲向船外淘着漏水。

一场惊恐，终于过去了。大家忙乱了近一个小时，早就没了睡意。上涨的潮水，已经将船托浮在水面。大家坐在船艄，吸着香烟，不时地看着天空，静静地等待着天亮。

早晨刚六点，我们已经把船撑移到了灌装码头，将氨水排放管口，对准了船的中仓。刚完成灌装准备，制药厂的调度员带着一位氨水灌装员，已经来到码头上。

岸上调度员站在码头上大声喊道：“一号船装五吨，啥宁是一号船，一号船来勒吗？”

环环站在船艄，听到叫号，赶忙回答：“来了，来了，我俚是一号船。”调度员又问：“是常熟东星七队的船吗？”环环的手高举着对号票头，回答说：“真是，真是我们的船。”灌装员探身向下看了一下后，提醒道：“侬拉紧缆绳，我要开闸门了，当心不要冲歪了仓位。”我们听了，四人分别用力拉紧船缆，稳住船位。环环答道：“好的，你开吧。”环环的话音刚落，顷刻间，一股褐黄色的氨水，带着异常刺鼻的气味，从大碗般粗的排放管直冲进船舱内。五吨氨水分别装在中仓和前隔仓，整个灌装时间，仅用了五分多钟。灌装完成后，我们解缆摇船逆流离开码头，向大洋桥湾而去。

船到大洋桥湾时，才过六点半。我们将船临时停在河湾里，等待着上潮。“铛、铛、铛……”海关钟楼上洪亮的钟声，连续敲了七下，传扬在城市上空。钟声过后，又静静地等候了十多分钟，环环才说：“马上又要上潮了了，我们先出桥洞吧。”听了环环的意见，大家篙橹并用，摇着满载氨水的水泥船，从大洋桥桥洞下缓缓穿过。出桥洞右拐进入苏州河后，在船头上的两个人使劲撑篙，在船尾两个人用力摇橹扳艄，努力将船进入河中央航道，向城外而去。大约一刻钟时间后，上涨的潮水，追上了我们的船。船借着潮水上涨的推力，行进了两个多小时，终于出了苏州河。

上午十一点多，河水变得清澈了，船又到陆家浜。环环说：“陆家浜是到霉地。”大家才又想起，来的时候竹篙被盗的事。连源却说：“没有吃早饭，大家肚子饿才是真的，还是烧饭吃吧。”我正好坐在船头，听了连源的话，应声道：“我来烧。”我站起身，开始淘米做饭。

摇着满载氨水的船，继续前行。接近正午时分，天空又刮起了东北风，在河面上推起薄薄的涟漪。连源说："天起东北风了，可能要下雨。"环环却说："东北风可以挂钭帆，兼风带橹，不用拉纤，可以省力气。"在仁元的配合下，环环把船桅在桅洞中竖好，升起了破旧不堪的船帆。环环的船上技术果然不错，他拨正船帆的角度，尽量让船多借着风力，使行进的速度加快了许多。下午三点多时，东北风夹带着细雨，越刮越大。连源手扶舵柄，坐在船艄，冒雨驾着船向黄渡镇方向而去。

黄渡镇是个古镇，据说有古代楚国宰相黄歇，曾在这里渡过河，故有其名。船到黄渡镇时，已经黄昏八点多了。天上的雨下得更大了，真可谓"船漏又遭连夜雨"。连源熟悉航程，他建议说："今夜就在黄渡镇停船休息。我看，明天不要走来时的太仓航线，改走昆山巴城河，再穿行巴城湖，到张家港，从这条航线回家，可以少走两个小时左右。你们看好不好。"大家表示同意。

船缓缓地停靠在一座水泥拱桥洞下，借桥身的荫庇休息。黑暗中，仁元在船头行灶上生火做晚饭，被雨水淋湿了的稻柴，在灶膛内时旺时熄，黑烟弥漫了整个船头，飘向河面的远处。

坐在黄渡这座水泥拱桥下，我突然想起，第一次摇着船去上海回来的途中，在黄渡河岸上与人打过架的事情。

那年夏天，我和正环、泉泉、良华四人，从大洋桥满载氨水回来，途经黄渡镇。那天下午四点多，我们的船头刚穿过这座水泥拱桥的桥洞时，从空中突然砸下五六团大泥块，分别砸进满载的氨水仓中。顿时氨水四溅，氨气刺鼻，船上惨不忍睹。特别是有一团大泥块，正好砸在船头的行灶上，把行灶上的锅盖，砸飞到了河中央。突来的惊恐中，大家急抬头向桥顶张望，看到有七八个青年小地痞，在桥顶上哈哈大笑，原来是他们搞的恶作剧。大家怒不可遏，泉泉和良华向桥顶上破口大骂。这一骂，又招来两个泥团，重重地砸在船艄上。我们再也忍不住了，马上停船靠岸，正环和良华各手持竹篙，首先跳上岸，我拿上舵柄，紧随其后，一起向桥顶上奔去。桥上的几个小地痞，一边向南岸的堤冈上逃跑，一边用泥块继续掷向我们。我们毫无惧色，三步并作两步，很快便追上了他们。正环和良华手中的竹篙，狠狠地扫向他们的双脚，几个逃得慢的被打翻在地，逃在前面的几个，却并不示弱，竟然回过头来，围攻正环和良华。我正好赶到，双手横握舵柄，专向他们臂膀和屁股上打。我们三个对他们七八个，黄渡河岸上顿时人跃尘飞。一场大战，很快引来了镇上许多村民，把我们围在中间。有谩骂的，有劝架的，也有欲动手动脚助架的，正僵持中，来了一位镇领导模样的人，他在了解到情况后，见双方均无大碍，出面作了调解，还严肃批评了那些小地痞，为我们解了围……

## 六

第七天清晨。东方的天空，布满了鱼鳞状的红霞，河面上刮着很大的西南风，带着重重的凉气，在我们的船上吹过。小镇驳岸上，赶集的行人，脚步匆匆，三三两两。

连源第一个从后隔仓中起来，他看了一下东边的天空后，说：“这东天鱼鳞红，天转西南风，似有台风大雨的兆象。虽然现在雨暂时停了，下午可能还是会下雨的，抓紧时间开船吧。”大家起锚解缆，又开始新一天的航程。我抬手看了一下手表，才刚过五点钟。

顶着逆风，我与环环合力摇着船橹，向镇西方向缓缓前行，船慢慢出黄渡镇，前面河面更宽了。河面上的西南风越吹越大，逆风推动着逆浪，不断撞击在船头，水浪撞击船头时发出声音，好似在低沉地吼着“敲开你船头，敲开你船头”。

我与环环奋力摇了约半个小时，船才前进了约一公里。逆风逆流行船，实在太慢，每前进一米，都异常艰难。环环说：“这样太慢了。我看，还是上岸去拉纤吧。否则今天傍晚到不了巴城的。”连源说：“好的，船靠一下岸，我和仁元上去拉。”说着，他去船头拿纤绳。船渐渐地靠向河岸。我扭头看了下环环，说：“连源叔，还是你们来摇船。我和环环年纪比你们轻，还是我们去拉吧。”环环说：“对个，我们去拉。”说话间，我放开橹，走到连源身边，从连源手里接过纤绳，连蹦带跳上了河岸。连源并不谦让，到船尾接替了环环。环环跳上岸后，很快地追上了我。两人赤着双脚，背着近百米长的纤绳，拉着满载氨水的水泥船，顶风逆浪，向巴城镇方向而去。

下午三点多时，西南风更大了，乌云随着大风而来，布满了整个天空，紧接着一阵阵巨大的雷声，在远处的空中不断炸响，天又下起了大雨。雨点打在我俩身上、脸上，几乎睁不开双眼。我与环环继续冒着大雨，拉着纤绳，互相鼓励着“加油，加油”，奋力前进。

天已经完全黑了，大雨才停住，大风还在继续。我们与环环，整整拉了一天的纤，身穿的背心和短裤，干了又湿，湿了又干，两条腿沉重得几乎迈不开脚步。黑暗中，环环对我说：“再坚持一下，船到巴城再休息吧。”我气喘呼呼地问：“到巴城，大约还有多远？”环环说：

"快了，大约还有十几里路吧。"纤绳紧紧地勒在我的右肩头，感到一阵阵火辣辣地痛，我的心盼着，快些到巴城吧。

大约黄昏近十点时，船终于进入巴城镇。巴城河的两岸，灯火阑珊。在一个水栈边驳岸上，我们抛锚系缆。连源站在驳岸上，抬头看着天空说："看这天气的情形，肯定是台风来了。"仁元正在船头准备生火做饭，听了连源的话，他说："嗯，肯定是的。这个季节台风很多。"我和环环横躺在后船艄上，吸着香烟。我俩满身的汗水味，引来了无数水上蚊子围攻。

天继续刮着大风，下半夜，又下起了大雨。

## 七

第八天凌晨，才四点多钟，我们就起了身。起锚、解缆继续出发。

巴城镇，地处阳澄湖东。镇四周水路密布，镇西边有多个湖泊环绕。从巴城镇到常熟，巴城湖是必经的水域。我们的船，必须沿巴城河进入巴城湖，再向东北方向拐，才能进入常熟界的张家港河。船离开巴城镇时，雨下得更大了。三人冒着大雨，一路合力摇橹，顶着逆风逆流，向巴城湖而去。连源说过，从巴城河到巴城湖，水上航程大概需要半天时间。可是，我们却整整用了八个多小时的时间。船到巴城湖时，已过下午一点了。我坐在船头上，看到浩瀚的巴城湖湖面上，狂风夹着暴雨，一片白茫茫的迷雾。大风掀起的巨浪，足有两尺多高，一个接连一个，向我们的船身扑来。大家万万没有想到，将近湖面中央时，风力更大，一个船毁人亡的威胁，正悄悄向我们逼近……

船逆流而行，到湖面中央边缘时，前进的速度似乎更慢了。环环想借助西南风的风力，让船走快些。他到船身中部，竖起了桅杆，挂起了帆。船借风力，很快向东北方向拐行。一个个巨大的风团，突然向我们刮了过来。“咔嚓”一声，船上的桅杆，顷刻间拦腰断成两截，上半截桅杆和整条布帆，一起倒拖在湖面上。湖面上巨大的浪头，一个连一个地向船上扑来，断了桅杆的船，顿时失去了行进的动力，一下子横了过去。巨浪连续不断地扑向船上，湖水从左边压过来，冲进装满氨水的船舱，又涌出右边的舱舷。船头的水泥安全舱盖，几次被巨浪冲得浮起，急得大家都跳起来。安全舱盖一旦被冲开，湖水就会涌进安全舱，水泥船将必沉无疑。此刻，船上的安全舱，已是我们最后的保障了。我怦怦直跳的心，好似要从喉咙口蹿出来一般。情急之间，我快速把坠落在湖水中的船帆，拖进氨水仓内，紧接着连蹦带跳地回到船头，双脚像钉子一样，牢牢地站压在安全舱盖上，生怕浪头冲走安全舱盖。环环与连源和仁元三个人，拼命地摇着橹。可是，在横风巨浪中，船已经无法控制住前进的方向。

惊恐中，连源十分后悔选择了从巴城河回家。为了避免翻船沉没的危险，我们只能向风浪认输了。停止了向风浪抗争，船任凭着横浪的推动力，顺着风浪的走向，向湖面东北方向的远处漂行而去。不知漂行了多少公里，不知漂行了多少时间，我们的船竟然漂到了湖东北岸边一条河口内。四周一片漆黑，站在船上看两岸，根本辨不清方向。这条河是什么河？这地方到底是哪里？大家非常焦急，环环说：“急也没有用，俗话说，条条大路通罗马，只要人在船在，总能回到家里的。”四个人简单商量了一下，再也不敢在湖中行走了，就沿着这条河摇船进去，先找个地方靠岸休息，做点饭吃，等天亮后再作道理。此刻，已时过半夜了。

忐忑中，大家摇着氨水船，慢慢向北而去。约又行进了近一个小时，终于来到一个小镇上，我们才船靠左岸，下锚系缆。连续辛劳一天，加上两顿饭没吃，大家感到又困又乏，疲劳异常，饥饿袭来……

简单填饱肚子后，大家静静地坐在船面上，等待着天亮，却没人敢睡去……

## 八

终于等来了第九天的清晨。天刚蒙蒙亮，空气中，水气很重，四周一片浓浓的迷雾。

买菜的村民开始上街了。见到一个挎着竹篮的老人路过，我忙跳上岸，向老人家打听："老伯伯，请教您一下，这个镇，是什么地方呢？"老人告诉我说："这是常熟的东唐市啊。""是东唐市。谢谢您。"我站在驳岸上，有些激动，大声告诉船上的同伴说："哈，东唐市，原来这里就是东唐市呀。我们竟然漂到了东唐市来了。"大家听了，终于如释重负。

东唐市，又叫唐市，是常熟东边大镇，小镇历史悠久，有梁代时寺庙遗迹，因明代时富商众多，百姓富裕，所以还有"金唐市"雅称。唐市镇上有条著名人的石板街，让小镇遐迩闻名。身前这条不太宽阔的河流，左前方十多米处，有一座东西走向的三孔水泥桥，高高地架在河面上。那一刻，我不知道眼前这条河，叫什么河。更不知道，眼前这座桥，叫什么桥（三十年后，应家居唐市的作家之邀，去那里采风，才知道当年我们漂停过船的这条河流，名叫大翁江，那座高高的三孔水泥桥，叫大翁江桥）。

天大亮了，风也小了，雨也终于停了。镇上人指点说，沿着这条河（大翁江）继续向前几里，在不远处左拐，就是张家港河，大约再行二十来公里，就到常熟了。

我们继续行船，替换着用力摇橹，向着虞山方向而去。中午十一点钟多，船终于来到了虞山下的山前塘河。船过尚湖口时，抬头看烟岚缭绕的剑门山峰，一种油然而生的亲切感，顿时涌进心怀。九天了，第九天了，终于可以到家了……

沈复的《浮生六记》中有这样一句话“人生碌碌，竟论短长，却不道枯荣有数，得失难量。”九日八夜摇上海之行，虽然数度历险、惊心动魄，却成为我十年农村生涯中最刻骨、最难忘怀的一段记忆，一次弥足珍贵的经历。

2020 年 7 月 5 日

# 炊烟缭处是故乡

故乡小镇，坐落在虞山西北方向那广沃田野间。一条清清的九浙塘，东西横贯，在小镇的中间穿过，九浙塘那湍急的河水，永不知倦地向东奔流着。一座古老的单孔拱形石桥，叫小墅桥，它连接着南北两岸我曾祖父（清代武举人）当年用鹅卵石铺修过的中心街道。在小镇南街首横街的东端，是一座由关帝庙改建成的小学，她曾是我当年的母校。小镇北端的街稍外正中处，曾有一座规模高大的周王庙。小镇上有大大小小的七条街道。小镇街道两边，是清一色的砖木结构房屋，屋顶都是黛青色的小瓦。许多人家，是单层多进瓦房。条件富裕的人家，有三进两院的大宅院。大宅院里有木板铺成的阁楼，还有四眼小天井，后花园。

一

五十年代时，全镇有居民和农民混居，两种户籍共有近四百户人家。曾听老人们说，镇上的人家，大都是在不同历史时期从外地迁来的，各种姓氏多达五十多个。镇上最繁华时，药店、布店、鱼行、纱行等各行业的店铺，超过一百多家，仅茶馆就有二十来家。每逢过年过节，或逢重大喜庆，大街搭建竹牌楼，商铺挂红灯笼，整个小镇张灯结彩，这是小镇最美好的时光。

七十年代初，小镇还没有电，全镇所有人家，用的都是煤油灯。每到秋天的黄昏，天色朦黑的时候，站在小镇小墅桥桥顶的平台中央，向小镇四周眺望，几条街道，两边的人家，煤油灯次第亮起，人声轻闻，狗吠偶传，那些原本幽静的房屋，便星星点点，灯火阑珊，逐渐温暖起来。小镇各家屋顶的上空，轻轻的炊烟，开始缭绕弥漫，与田间飘来的薄雾一起，把整个小镇，笼罩在一片朦胧之中。

儿时，我们把小镇北街稍口外周王庙前的小广场，叫作庙场。庙里清一色花岗岩石雕刻成的神坛上，供奉着先贤仲雍的雕塑神像，人们把仲雍神像称为周王。小镇上，常常会举办庙会，披红挂绿，香烟缭绕，人们虔诚地祭拜着周王神像。听祖母说，周王是本乡几千年前就有名的一位先贤，是专门保佑本地安宁的自家人。所以小镇每年要举办周王庙会，也称作本社的庙会。

在庙后东北方约三百米处，有一块青砖铺成的打谷场，人们把它叫作野场。有时候，县上电影第七队或第八队会轮流着下乡来放电影，他们在庙场或选择野场，在用一根长绳子圈起来的圈子内，竖起两竿大毛竹，挂上一帘银幕，就成了电影场。晚上有电影看，会让我们这些孩子，兴奋得连晚饭都没有心思吃完。扛上一条长凳，早早地到野场，争抢着把长凳排在较前的位置。看完电影，已是深夜，回到家睡在床上，会久久不能入睡。脑海里会长久地浮现着电影中的情节。黄继光，董存瑞，女英雄刘胡兰，等这些电影故事中的英雄，对我少年时期的成长，影响是巨大的。

北街稍的庙场和镇外的野场，也是我与小伙伴们在节假日里尽情玩耍的好去处，捉迷藏，车铁环，掷响杠砖，丢铜板，是我们这些孩子们最喜欢玩的把戏。

## 二

小镇正北方向，也是一大片广沃的土地。那时候，农村极少有工副业，一年四季中，都能看到农民们在田野间忙碌的身影。深秋时节，站在野场边的田岸上，可以看到割稻的、垒垛的，赶牛犁田的，起垅种菜秧的等等，尽是农民们忙着抢收抢种的景象。重阳节前后的太阳，每天艳亮得耀眼，长期的晴天，会让忙碌的人们身上，天天披上一身尘装，为秋天的收获和来年的收成，忘情地、辛勤地、夜以继日地劳作着。

野场的北边，是吴家浜河。河边有一个很大的牛潭，每天总会有一两头水牛，被拴在潭边那块大青石做的拴牛石上，或趴着，或卧着，或在河边悠闲地吃着青草。牛儿们一边吃着青草，还常常瞪着红红的眼睛，看着我和小伙伴们。

吴家浜河碧水清清，河面上漂浮着许多簇簇相连的野菱蔓。河里有成群的小鱼在游动，时有突然掠飞而过的抢鱼鸟，会把这些小鱼吓得四散而逃。吴家浜河，是在我少年时期，常与伙伴们瞒着父母去戏水游泳、摸鱼捉蟹的地方。

吴家浜河的北岸，是吴家大院，吴家大院以前曾是个富裕人家。曾听吴家的大女儿说，她在幼时，曾目睹过我曾祖父筑建中泾桥呢。五十年代后期，记得是我六七岁的时候，吴家大院西边大部分的房屋，已被公社征用为“吃饭不要钱”的大食堂。那时候，大人很辛苦，忙碌不分昼夜。我们这些孩子，却天真烂漫地开心着。

靠吴家大院东边的河岸上，有一个用水牛拉的水车棚，棚中有很大的水车盘，它连接着斜倾在河中的水斗槽。到了夏天的时候，常常有被蒙了双眼的水牛，拉动着水车盘，“吱呀呀、吱呀呀”地，正把河中清清漾漾的河水，源源不断地灌入水田中。每天放学后，我和小伙伴们去割草时，割累了经常要去水车棚中休息玩耍。如今，我还记得，有一年暑假中，我同学差点被转动中的水车盘给绞断小腿的情景。至今我那位同学的小腿上，仍留有月亮弯一般的疤痕。

## 三

我家不富裕，但在小镇北街中部，有一套积祖母一生辛劳才买下的旧宅。旧宅有三进两院。在后进的北厢房，原是父亲年轻时读书藏书的书房，后来成为我与父亲同住的卧室。

儿时，我每天放学回到家后，总是先到书房放下书包，然后叫上隔壁邻家的小伙伴去乡野，为家里饲养的几只白兔，割上满满的一大竹篮青草后，才回家。然后，习惯地做起了扫地、提水、烧饭等家务。

父亲年轻时是个工作狂，闲时除了侍弄书籍，还作油画、刻图章，折腾矿石收音机，极少闻家里柴米油盐事。母亲做的是小商贩，常穿行于街头巷尾和挤塊茶馆。每当天色暮黑，差不多该上灯的时候，我也把所有该做的家务都做完了。这时在外忙碌了一天的父母们，才回家吃晚饭了。每当家中晚饭时，父母发现餐桌上多了碗河鲜，才知道我又偷偷下河折腾过了。此刻，父母的眼神中，总会透出意外、惊喜和责怪，还有对我安全的担忧。

在吃过晚饭，洗好碗后，我才打开书包，在母亲做花边用的煤油灯下，开始做学校的回家作业。为了家庭的生计，母亲三十六岁时，就配带上了老花眼镜。母亲坐在旁边穿针引线，还时不时地探头，来看我字写得好不好，督促着我尽快把作业做完。

故乡的改变，随着时代的改变而改变。而人的长大，是不以人的意志而逐进的。人的进步，却是因人的意志而逐渐改变的。从小学到初中，从初中到高中，从高中毕业到离开家乡，我这个从故乡小镇走出的学生，早已把故乡小镇曾经给我的爱，深深地印刻在脑海中和每一寸肌肤里。几十年来，总让我忘不了，该回到那故乡小镇，去走一走，看一看。

## 四

小镇还是那个小镇，因建设工业园区，已经拆除了九浙塘南岸的几条街，仅残留下了古老的北街和九浙塘北沿河东西两条街。在七十年代被拆除的那座古老石拱桥原桥址上改建成的水泥桥，如今摇摇欲坠。小镇残留的半段街道，房子东倒西歪，已经破败不堪，满目疮痍。再也觅不见当年张灯结彩和竹牌楼的踪影了。镇中的九浙塘，镇西的小桥浜，野场边的吴家浜，积污太多，如今变成臭水塘河。

年轻的居民们，大多已“鲤鱼跳了龙门”，在外谋业了。留下的人口，大多是年老体弱，或孤独病残的老一辈人。每天傍晚，小镇几条残街两旁，仅有稀稀疏疏的几盏电灯，勾描着小镇残街的轮廓。留守人家的炊烟，依旧忠实地在故乡小镇的上空，轻轻缭绕，慢慢飘散。

父亲和母亲都已先后离开了我们。因为思念，重阳节下午，又回到故乡小镇。老屋已顶穿瓦碎，柱偏墙斜，小院荒芜，野草齐肩，欲修不能。故乡的家，成了我回不去的地方。

把车停在镇外东边的新桥上。黑暗中，扶着桥栏，眺望故乡，残留的半段小镇，几乎湮没在夜色的星空中。心中默默希望，有朝一日，我亲爱的故乡小镇，能恢复我儿时那人气鼎盛的街景和当年的美好。幸让人欣慰的，有那吴家浜河的北岸边，新修了国道。那宽敞的国道上，车水马龙。国道下有一座新建的、规模宏大的电力变压站，站内电灯火耀眼，灯光闪烁，让我亲爱的故乡，好似依然处在一片灯火阑珊之中……

亲爱的故乡小镇啊，您已经走得好远，远得我已经不认得您了。我似一个从您身边走失的儿子，却再回不到您的怀抱。唯一没有走远的，还是每天傍晚，依然缭绕在您身边的，那缕缕青青的炊烟。

2018 年 11 月 2 日

# 最爱家乡是虞城

常熟是一座物华天宝、人杰地灵的城市，我们都亲切地称她为虞城。在她这方宝地上，每个时代都曾哺育出了无数的圣贤和名士。您看，在她那透出的古朴秀气之中，在她一砖一瓦的倒影之间，都深深蕴藏着她闪亮的岁月记忆。

“七溪流水皆通海，十里青山半入城”，是虞城风光的写照。生活在风光秀丽的虞城，是无比幸运的。“塔情峰影花月镇，湖光山色水云乡。”这是我二十三年前写下的一副对联。这副对联虽然仅只有十四个字，却蕴含着我对家乡虞城那深深的赞美和无比的热爱。

一

虞城是一座有着数千年古韵的城市。这里是商代宰相巫咸、巫贤的故乡。这里是让国南来的仲雍，创造吴文化辉煌历史的发祥地。这里有姜太公尚湖垂钓的故事。这里是言子弘扬儒家文化，“道启东南”“文开吴会”传播礼学、传播文学的祥和之地。这里是《富春山居图》作者、山水画“元四家”之首黄公望创“浅绛山水画”而泼墨调色的家乡，在这里依然洋溢着他对故乡无限的爱。这里是一处江南最灵动的水乡，是清代画家周鲲笔下《升平万国图》中美丽隽秀的虞山景色、钟灵毓秀的湖山胜迹之地。

虞城又是一座现代化的新城市，是高速公路四周环布、高速铁路横穿而过，高新技术产业蓬勃发展的城市，是人杰地灵物阜民安的康庄之乡。她是一座有着大家闺秀一般风韵的城市，这里的建筑，不仅有高架路和高铁站，她还有许许多多的高楼大厦，有无数的粉墙黛瓦，有明珠般璀璨的尚湖，还有清清的、琴弦般巧妙的七溪小河。她是一座国家级花园城市，这里有雄伟矗立的千年方塔，有巍巍峻拔的十八里虞山，有亮山工程那青青茵茵的草地，有虞山脚下环山步道边那烟岚迷漫的丛林，有波光粼粼风景如画的映月尚湖，还有尚湖大堤上那座绿波映月的七孔拱桥。

这里有闻名古今的虞山十八之景“书台积雪、破山清晓、辛峰夕照、昆承双塔、桃源春霁、维摩旭日、剑门奇石、拂水晴岩、秦坡瀑布、藕渠渔乐、福港观潮、西城楼阁、普仁秋爽、星坛七桧、湖甸烟雨、湖桥串月、吾谷枫林、三峰松翠”。所有这些，不知迷醉了多少常熟儿女，不知引来了多少南来北往、不思归去的异乡之客。

我爱着虞城的山清水秀，我爱着她的景色秀丽宜人，在我的心中，对她充满了太多的迷恋和真挚的情怀。

## 二

虞城又是一个现代与古典完美的结合的城市，生活在虞城，心里爱着虞城。我爱她的城市和乡村，她的每个地方都留有我的回忆。改革开放以前的常熟，虽然素有鱼米之乡、岁岁丰收常熟田、千年文化古城的美誉，但那时，她的经济还不是很富强，她的交通还不是很发达。

改革开放以来，百万虞城儿女，在中共市委、市政府的带领下，发挥出改天换地的勇气和热情，在激流中奋进，在艰难中创新，创造了一个又一个让人震撼的奇迹。如今，虞城这座千年古城，正沐春风春雨的滋润，焕发出她迷人的青春活力。

最让虞城人高兴和值得赞美的，是虞城四通八达的交通，最让常熟人引以为豪的是虞城的高架公路和高铁。虞城高架和高铁，那可是我们每个虞城人的盛事和骄傲，虞城的百姓的旅游和出行，是更加方便和舒适了。

自二〇一一年三月底，全国第一条县级市高架——常熟三环路建材市场至元和路高架公路建成以来九年中，又先后建成了北三环高架，昆承快速路高架，向西三环高架和新世纪大道北延高架等五条高架快速公路，虞城向东发展的第六条高架，也已经在规划建设中。

高架快速公路，似为虞城经济和文化的发展插上了腾飞的翅膀，为虞城市民的生活，带来了更多的便捷和幸福。我是一个自驾爱好者，几乎每天驾车出行。自从有了高架公路，到市区办事，就像出家门口就到了街上一样方便。每当我驾着小车，缓缓行驶在绕城、绕山而行的高架公路上的时候，总忍不住要欣赏那窗外不远处的虞山，那连绵起伏的绿色峰峦，和山上古建筑群，像一幅美丽的油画，徐徐展现在眼前，让人心旷神怡。总忍不住要欣赏着眼前那高楼耸立与粉墙黛瓦交叉相间的古城区，心中默默地为自己是虞城人，而感到自傲。

这三环高架公路，似常熟千年故事中述说的神龙一般，盘踞并佑护着常熟这座千年古城。我每年要出行到上海、浙江富阳等地，与朋友做文化交流，有了高架公路，一脚油门，一小会就上了高速公路，其中的便捷和惬意，更是喜形于我与朋友们的声色之中。

今年，刚建成开通的高铁站和高速铁路，更是圆了百万虞城人民盼望已久的铁路梦，更是为虞城的发展和腾飞，增添了无比的动力。我想，如今，步入高铁时代的虞城，她的经济和文化，也将会迎来她更快更新的发展，将迎来一个更加灿烂的春天，一个更加繁荣富强的现代化新虞城的宏伟图景，已经展示在眼前。作为虞城人，我心中感到无比的幸福。

想到这里，我得为我那副对联，补上两句了："塔情峰影花月镇，湖光山色水云乡。盘龙快道绕城过，金凤高铁高飞翔。"虞城啊，我的故乡我的家，我爱您的青山绿水，我爱您的景色诱人，我爱您仙女般的神韵，我爱您展翅飞翔的英姿。我爱您，虞城——生养我的母亲！

2020 年 8 月 12 日

# 第二章

# 读书行走两相宜，人间多惬意

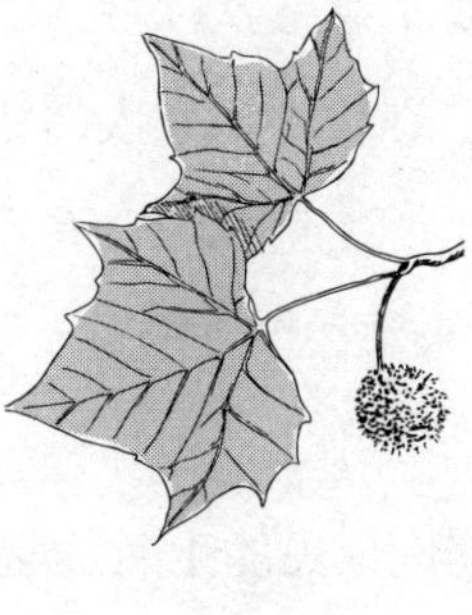

# 新年做客大别山

大别山，是始于孩童时代读《山海经》上有关大别山的故事，还有留在心中那“刘邓大军千里跃进大别山”那些感人事迹的印象。由此，心中一直向往着大别山这片大山圣地。

十多年前，因大别山东麓来常熟工作的女孩琳琳与儿子的结缘，终于使我有了去大别山的理由。初到大别山，我这个蹲惯了平原城镇的码字人，便产生了一种特别的喜欢和迷恋：那连绵不断的山脉、那青翠葱茏的山峰，那错落不齐的山里民居，那些敦厚的山民人家，给我留下了许多朴实、热情的形象。

由于有亲家在大别山的缘故，此后便多次以探亲的理由去了大别山，亲身体验过“大别山的年味”。在常熟码字人的朋友圈内，有不少朋友非常羡慕我有亲戚在大别山。除夕前几天，有好友与我调侃说“浦兄，你有亲眷在大别山，可以常来常往地去那里，你能不能在年假中组织一下，带我们几位文友到一下大别山，也体验一下大别山的年味，采大别山风光，体验一下革命老区人民的生活景况呢。”对于这样的好建议，我自然乐意接受和践行。于是，便成就了虞山八文友“新年赴大别山革命老区体验生活”的行程。从虞山脚下出发，一个来回，驱车一千一百多公里，一路的欢声笑语，自不胜描述。但记录下此行一路的故事，才是必需的。

## 古今故事大别山

《山海经》上说：千百年前，大别山根本没有山，这里原来是一片汪洋大海。因为是孙悟空太闹天宫时，把玉皇大帝灵霄宝殿的神鳖，用金箍棒一棒打下天宫。急得玉皇大帝忙命太白金星赶赴东海，要与东海龙王商议降服妖孽之事。太上老君在前往东海途中，见玉帝的神鳖，竟然在汪洋中自由游弋。太上老君欲将神鳖捉住带回天宫。那神鳖不想再回天宫，见太上老君要捉它，情急之下竟然化作千里绵延的山脉，一下子填满了汪洋大海。太上老君搬不动这座巨山，无奈作罢。见玉帝降服孙悟空之后，太上老君才向玉皇大帝禀报下凡之时力捉神鳖之事，玉帝忙与诸仙至南天门观看凡象。只见那巨鳖，竟然头朝南尾向北，岿然不动地卧在大地上。玉帝说："它既然不甘在天成仙，愿在人间伏地成山，就让它去吧。"从此，这座巨山，横惯于安徽、湖北、河南三省之间，山脉连绵千余公里，有"十万大山"之称。

西汉时期的史学家司马迁在青年时，曾游历过江苏、浙江、江西、湖南、安徽、山东、河南等地的许多名山大川，但当他登上了大别山主峰后，观赏到大别山南北两侧的大山景色后，不禁感叹道："山之南，山花烂漫。山之北，白雪皑皑。此山，大别于他山也。"大别山之名，便由此留传于世。

大别山是长江和淮河的分水岭，山南麓的水流入长江，北麓的水流入淮河，因此大别山南北的气候环境截然不同，植物也差异也很大。大别山又是革命老区，在新民主主义革命时期，大别山是中国工农红军第四方面军诞生的摇篮。红军长征会师之后的红四方面军主力，为共和国的诞生立下了丰功伟绩。

## 如此风情万佛山

“新年赴大别山革命老区采风”第一站的目的地，是大别山东麓余脉万佛山下的万佛湖镇。

行程约四百五十公里后，车下高速公路，途经大别山东麓下的舒城县，沿大别山东麓山脉向西驶入317省道，如今已经不见了六年前所经的那狭窄又起伏不平的山间公路了，取而代之的，已经是平坦笔直的六车道或四车道（一级公路）了。半个小时后，车到万佛湖镇。

万佛湖镇是一座典型的徽式古镇，改造后的中心长街，与我在六年前走过的模样，变了许多，整条街新年气息更加浓烈。因应邀常去大义小学为学生讲课，认得了在学校文印室工作的女校工小方。小方的老家，就在万佛湖镇。她曾多次骄傲地向我们介绍过，她的家乡万佛湖镇，山是如何如何的美、水是如何如何的蓝……放了年假，小方才刚到回乡。当得知我等一行将在大年初三到万佛湖镇采风时，她正在街头观看舞龙灯。电话中，她很兴奋，并热情地邀请我们，到时务必到她家做客。可是我寻思，我们一行有八个人，怎么好意思唐突地给一年才回一次家的小方，增添诸多不便和麻烦呢。怀着矛盾的心情，来到万佛山下的万佛湖边。

还是同行的女作家小青机灵，她竟然能想到用手机网络，联系到了近在湖边五百米外的民宿酒店。不到十分钟，老板金凌，便驾车出现在我们面前。与金凌的攀谈中，得知他是镇上一位地道敦厚的山民，以他和兄弟多年的积蓄，在山下湖畔自建了一座小楼，开设了假日酒店，并在网上招徕顾客。金凌带我们到了他家——“金凌假日酒店”。落实好了住处，金凌便派他的兄弟，做我们的向导，带领我等向万佛湖边而去。一路上，拨通了小方的手机，既向她问好致谢，又说明了我不去打搅她的理由，也放下了一件心事。

相传，万佛湖畔石壁之上，曾有一奇石，神似观音临湖，湖中漂动众多的小岛，栩栩如佛子，宛若“诸佛拜观音”，万佛湖由此而得名。万佛湖湖内有大大小小几十个岛屿，沿湖有万佛石林、摩崖石刻、幽谷新月、龙柏山道、钓鱼台、观音洞、人头马、翠竹岭、白鹭洲等几十处自然景观和人文景观。环湖皆是山，且群峰耸立，翠绿、清蓝、淡灰，层次分明，绵延百余里。

在万佛湖淡蓝色缥缈的远山中，有一座景色秀丽的龙眠山，北宋大画家李公麟曾在此息居作画。湖北岸是大梅山，梅山东北坡原有梅仙祠和梅仙洞，据有关史料记述，有汉代南昌尉梅福辞官后，曾隐居此处，在山间石洞中修成正果，羽化而登仙。还有一座山，名唤栲栳山，是三国名将周瑜先祖安息之地。

如今的万佛山和万佛湖，风景真是美不胜收。湖边那游湖码头的游船，在泛着银光的深蓝色湖面上，不断交替穿梭往返，湖中远处大小不一的岛屿上，隐约的游人身形，似蓬莱仙境中飘然的仙人般，在不停地来往浮动。那上山的仿汉白玉台阶，如一条舞动中的玉龙，直达山顶。山顶的龙河塔，矗立巍峨，万佛轩、钟坛边、山中木栈道，水库纪念馆，到处人流如织。位于万佛山八斗林区，还有当年的红军医院遗址，有在抗日战争中英勇献身的九烈士墓，和平田烈士公墓等。万佛山清新的空气，美丽的瀑布，清脆的鸟鸣，淳朴的山民，还有丰厚的文化历史，更是旅游观光、休闲度假的好去处。

在金凌家的“假日酒店”吃晚饭时，品尝着万佛湖那“一鱼二吃”

的鲢鱼汤，谈起六年前，曾携家人半日游到万佛湖的往事。那时的万佛湖，风景区尚开始建设，万佛山西北的山峦，还是杂草丛生。为了观万佛湖全景，我好不容易、气喘吁吁地爬上山顶，只见山顶遍是杂树，无径可寻。如今看到这里的变化，不禁感叹道："这片徽人之地，真是今非昔比啊。"

万佛湖，就像玉帝那逃到凡间神鳌嘴边的一颗明珠，在大别山东麓边熠熠生辉。

## 东麓民居范家店

行程次日，便是新年初四了。去范家店村，是此行的第二站。从万佛湖镇到范家店，不到十公里。半个小时后，我等一行便来到了小亮大叔家的屋场上。如今的范家店村，已是村级集镇，以纵经 317 省道为主街道，另有三条村横街，形成一个小型乡间物资交易的集散地。

范家店村，位于大别山东麓山坡上，是在杭北干渠以西丘岗地带，万佛湖镇西南方向，属舒城县万佛湖镇管辖，有区内公交车直达县城。新中国成立前，范家店人烟稀少，交通闭塞。但却是东汉民居文化发现地，在一九九八年九月，在范家店村枛树坡，发现的东汉墓，出土了"歇山顶二层彩绘陶楼"，其第二层，设有扶手栏杆，这为这一地区东汉时期民居发展，提供了史实证资。

范家店村，是革命烈士胡底之妹胡莲昌的家乡。胡莲昌与我儿媳的娘家是同村人。胡莲昌的大哥是胡底。胡底出生于一九零五年，大学毕业后参加了革命，在中共地下组织从事情报工作，是中共初期情报战线上三杰人物之一，曾受到过周恩来总理的高度评价。一九三五年红军长征途中，因坚决反对张国焘的逃跑主义主张，遭到张国焘杀害。范家店也是抗日战争时期八路军新四军坚持抗战、打击日寇的活跃地区，范家店的乡亲们，曾为支持抗战做出过贡献。

范家店的山民人家，家家户户的门上粘贴着大红春联，家家户户门前的地上，铺盖着厚厚一层放燃过鞭炮后留下的红纸碎片，一派新年气象。我们一行陌生人的到达，吸引了许多范家店村民奇异的目光。由于我曾多次到过范家店，很快，人群中便有人认出了我。首先认出我的，是我儿媳小琳的堂哥，然后小琳的大叔、堂叔、堂妹等便向我等一行围了过来。

"原来是您啊，您好，您好……"小琳的大叔首先向我伸出了热情的双手，"是什么风把您给吹来了呢。"我握住他的双手，笑着答道"琳琳她大叔，您好呀，我们是向您拜年来啦。"

"谢谢，谢谢啦。"小琳的大叔热情地要请我们进屋里坐。我握着小琳她大叔的手，把同伴们一一介绍给他，并告诉他们，我们一行作家八人，是到大别山采风、体验老区人民新年生活来的。

寒暄过后，潘吉、蓝弧等走进小琳她大叔家中，前前后后视察了一番，对小琳她大叔夸赞说"大叔啊，您家小三层的主楼，前靠省道，后房几进，过年的年货挂满，生活条件真是不错啊。"

小琳的大叔兴奋地说："是啊，是啊，这几年中我们范家店变化很大，基本上家家盖了楼房，公路又修得宽敞，许多人家买了小车，出门更方便啦……"

是啊，由于十多年中多次到过范家店，范家店的变化之大，我是最明白的。除了公路、楼房，范家店原来杂草丛生的山路、每家一个的露天粪坑等，已经很少见踪迹了。大别山革命老区人民的生活，终于渐渐好起来了。

攀谈中不觉时间过得很快，已是上午近十点了，该要去下一站了。

小琳她大叔和堂哥热情地要挽留我们在他家吃午饭，我们婉言谢绝了。

坐在车上，向窗外送行的人们招手道别。两辆小车，载着来自虞城的八位码字人，继续向大别山的深处驶去。

## 山区小镇毛坦厂

第三站，是大别山深处的东石笋村。到东石笋村，必须在毛坦厂镇中心街区穿过。毛坦厂镇，曾是西周时期古六国伯爵级贵族的封地，有传说当年周天子巡游天下时，曾到过离毛坦厂不远处的钓鱼台一带。在毛坦厂镇汪家冲，二十世纪八十年代曾发掘出一座周代墓葬，并出土了数件青铜礼器，证明了这个传说。

春秋战国时期的名人孙膑、伍子胥等，曾都在毛坦厂附近有过活动。二十世纪九十年代，在镇西南的青山堰，文物考古人员曾发掘出数座战国木椁墓，如今镇南也还保留有汉代的房屋遗址。有史料证明，在春秋时期，毛坦厂地区已是大山深处一个人口兴旺的地方。

在元朝末期，毛坦厂周边的皇姑寨、响锣寨、鸡鸣岭、三尖寨和抱儿岭等地，都为农民起义军的营地。毛坦厂一带，不仅是义军与元朝军队相互厮杀、角力的地方，也是朱元璋与陈友谅这两支义军逐鹿天下的战场。有民间关于“鸡鸣岭”“毛坦厂”的传说故事为证：当年，在这一带山中岭下，朱元璋和陈友谅白天交战到第二日天亮，虽围住了陈友谅，可是朱元璋怎么也砍不下陈友谅的头，此时恰逢天明鸡鸣，情急之下，朱元璋大叫一声：“我为人雄，你去做鬼雄！”陈友谅突然闻声，惊得跌下马来，死于地下。从此，这儿就被称作“鸡鸣岭”。那时期，战乱不停，百姓离乡背井，四处流离，加上瘟疫横行，土地被大量抛荒，这一带成了人烟稀少茅草丛生的荒凉之地，所以被百姓称为“茅滩场”。多年以后，朱元璋夺得天下后，积极推行“马政”。他认为马匹拥有量的多少，是国家富强与否的一个重要标志。他推广和倡导在“水草丰旷之地”养马。由于“茅滩场”水草丰茂，逃难的百姓们纷纷从外地回来了，他们大量为朝廷喂养军马，以代税粮，不久这一带又渐渐繁荣了起来。时代久了，“茅滩场”被当地人们根据谐音，改唤为“毛坦厂”。

毛坦厂地区，还是人民解放军与国民党军队战斗过的战场。一九四七年年九月上旬，刘邓大军第三纵队，在毛坦厂附近的张家店，与敌人展开激烈的战斗，在无后方依托的条件下，依靠地方武装的配合和群众的支援，取得消灭敌人一个正规旅以上的重大胜利。

现在的毛坦厂镇，已经名列国家历史文化名镇了。特别是镇中心上那座徽州会馆，造型别致，旌旗招展，惹得同行的作家蓝弧心里痒痒的。潘吉在大别山回来后，谈到此行时也说：“我们当初经过毛坦厂镇那座徽州会馆时，应该停车参观一下的，只是考虑抓紧时间归途赶路，错过了这个机会，怪可惜的”。

如今，蓝弧的心里“痒痒”也好，潘吉的“怪可惜的”也罢，欲参观“徽州会馆”，只能期待下次大别山之行了。

## 大山深处异乡客

东石笋村，位于金安区最南端，与舒城县、霍山县二县交界，距舒城县城四十多公里，距霍山县城二十多公里，是安徽省六安市金安区毛坦厂镇下辖的一个山区村，在毛坦厂镇西南侧十五公里处，与万佛湖、大华山、南岳山、天堂寨形成一线串珠。“东石笋，不用找，七十二道河到杪。”这是当地流传寻访石笋村的口头路线图。

我们一行，车出毛坦厂镇中心街，径直向深山中行驶。山路，由宽渐次变窄，车左拐十余分钟后，进入东石笋村辖区了。但见山中公路左边，山峦纵横，阡陌山沟，溪水悠悠，在蓝色的天穹下。公路右边，黛色的山坡上，山民农家屋楼，一幢幢向阳递进，村上那浓浓的年味，扑面而来。

曾听说东石笋村，是世外桃花源。看来并不是夸张。“七十二道河到杪”，形容了那山路的崎岖跌宕、溪流的千回百转。所以，尽管东石笋村域内群山突兀，溪流环绕，风景绝佳，气候宜人，但外地人虽然常听说到她的美，却是不容易游历到此。

我们驾着小车，沿着山溪上游来处，一路龟行，走走停停，不时在山里人家小场上停下。走村进户，本是这次体验大别山村民生活的主要内容。诗人小金，则驾着他的车，载着李正琼、邹小雅两位女诗人，先向山中深处人家，去寻觅山野人家透出的诗意生活场景。机灵的美女作家小青，竟沿着山路，欣赏着山间风景，独自前行而去。

我与潘吉、蓝弧和胡燮敏四人，是首先冒失走进山民人家的远来野客。新年中的山民人家，女主人更为好客，见有常熟作家客人到访，她竟然不拒，反倒热情地让座、递烟，为这户拾掇得异常整齐干净的家，增添了许多热闹的气氛。攀谈中，女主人告诉我们，她家的两个儿女，正在常熟打工，去年还添了胖孙子，孩子们是年前才回的家。可以看出，她一家现在生活，过得很满足。

是啊，看得出来，大别山革命老区人民的生活开始好起来了。你瞧，女主人隔壁人家的新楼房，有多洋气啊，那停在屋场上的白色北京现代小车，还是“苏 E”头的牌照呢。真所谓：虽是在外打工客，却是衣锦还乡人啊。“苏 E”头的牌照小车的主人，是一对年轻的夫妇，正忙着在灶上炒菜煮饭，见我等冒昧进门，却无半点不乐，反而与我开玩笑说："呵，客人来啦，快进厅屋坐呀。我正在炒菜，是要请你们在我家吃饭哪，哈哈。"交谈中了解到，这对夫妻在苏州打工好几年了，前年翻建了楼房，去年买了小车，过年了才回到老家的。

走访中，见东石村的村民家中，几乎家家户户正厅的墙上，都挂着毛主席画像。在朴素的生活、朴素的情感，朴素的交流中，明白大别山革命老区人民，对毛主席都有着深厚的感情。攀谈中村民介绍，在东石笋村中，有汉族回族两种民族村民同居于村中，由于他们长期的共同生活，已经融合了两个民族文化的习惯，以致产生出一种独特的新的民俗风情，如"放河灯、送神灯、烧架香、抛彩球、山秧歌、唱门歌、赛排歌、五花彩灯"等具有独特民俗风情的文化习惯，已经把他们牢牢地结合在一起了。我们在十多户山民的走访途中，走走停停，不知不觉已过中午。

## 大别山的"九寨沟"

"七十二道河到杪"，我们一行沿着山路，一路前行，那东石笋风景区，果然已在眼前。

最让人注目的，是首先出现在眼前的一座笔直陡峭的岩石剑峰，据说剑峰高有 38.6 米，鬼斧神工，惊奇万状，如笋似剑，直刺蓝天，被当地称为"中华第一石笋"。腹中虽早已饥饿，可是此刻的我，不知哪来的勇气和脚力，竟独自一人攀上了石笋的顶峰。从顶峰上向下俯视，见石笋山脚下，半山泉流，如珠断链穿泻。乱石之中，水花四溅。那下泻的山泉，形成瑶池、金龟窥池、观音潭等形状各异的瀑布和水潭。见潭边，美女作家小青正独自站在那儿静静地发呆。我想，此刻小青一定是被这片风情万种的世外桃源给迷住了。

东石笋景区内最高峰海拔 760 多米，并且景点众多，可谓星罗棋布。因此有“七座古寨八座庵，九大悬岩十大弯”之说。另外，据说还有“南有天台北有潭，东西石笋共擎天”的江淮“小黄山”之美称。景区内山水相映，四季常青，风景秀丽，环境清幽及奇花异草、奇峰怪石、亭、廊、水榭、寺庙和徽派建筑与一体，堪称旅游观光、怀古览胜中的一绝，被当地喻为“安徽的九寨沟”。有一曲五言诗这样勾画道：“石路无泥潭，空山雨乍晴。高峰障初日，曲间转秋声。病叶花将落，孤去伴客行。前村深竹里，景物自幽清。”它把东石笋风景区的景色和特点，以尽情细腻的文字描绘在人们面前。

东石笋村之行，将要结束了。出山的途中，在“我爱大别山”那堵照壁下留影，是必需的。努力在东石村山民人家弄顿饭吃，填饱一下大家的饥肠空肚，更是“必需”的。

“东石人家”主人，听说我们是远道而来大别山体验生活的常熟作家，果然不负我等的“乞求”。他热情地拿出家存的年货，特地为我们炒煮了“笋炒山鸡块火锅”“白菜煮爆鱼块火锅”“山笋煮老豆腐火锅”“千张煮白菜火锅”和“腌黄瓜盆菜”共五个大菜。当“四锅一菜”先后摆上桌来时，山里农家菜的香味，立刻勾起了我们肚中的馋虫。

在欢声笑语中，五个大菜很快在我们的狼吞虎咽中消失了。当终于要放下筷子，蓝弧意犹未尽地抹着嘴笑说：“这顿饭，是我们这次大别山之行最丰盛的一餐美味了，我是一定还要来大别山的。”

是啊，再见了，我心中久爱的大别山，我一定会再来看你的！

2017 年 2 月 12 日

# 万春山与大山寺

历史上，大都文人雅士都喜欢游玩浙江的山水。比如唐代诗仙李白。李白非常喜欢游山玩水，他一生中对浙江的山水，大概是最倾情的，否则不可能有他《梦游天姥吟留别》那篇传世的记梦诗。元代的山水画家，山水画“元四家”之首黄公望，可能受了李白的影响，也特别喜欢浙江富春的山水，因此才有他在富春山隐居那一段雅事，以及他的传世巨作《富春山居图》。

## 一

史料载述，在古代时期，富春包括桐庐、富阳诸地。自古以来，富春山区峰峻水秀，文人雅士纷至沓来。当年，黄公望曾多次云游、隐居于富春江两岸的山水之间，创作了《山居图》《大岭图》等传世名作。我爱好游山玩水，喜欢走入浙江的山水之间，特别是喜欢游富春的山山水水，都因为受了李白、黄公望等许多古代文人的影响。二十年来，倾情于追寻黄公望行踪，几乎每年都要进浙江、入富春。如今算来，竟达二十多次。不过，说到万春山，我的足迹却还是第一次到。

万春山位于富阳与壶源交界处，属于富春山区一方尚未开发的自然风景区。万春山原称“栖鹤山”。有史料说，栖鹤山曾是北魏时期大臣李重耳隐居的地方。李重耳，是唐高祖李渊的高祖父。唐武德初年，李渊建立了唐朝，并在栖鹤山敕建李重耳墓，同时把栖鹤山改为“千春山”，并建“千春寺”。在二百多年后唐宪宗皇帝李纯，派建王李恪到千春山，祭扫唐室诸先祖墓茔，并奉诏改山千春山为“万春山”，把千春寺为名“万春寺”。有史料说，南唐后主李煜的后代李靴，死后葬于万春山。如今有富阳学者据此认为，南唐后主李煜死后，也可能葬于万春山。目前，我富阳的学者朋友正在研究和寻找。

富阳是富春山区的一个小城，她似嵌在富春山和富春江之间一颗晶莹闪烁的宝珠。常去富春，结识了许多富春的朋友，其中有许多人，都优雅地居住在富阳这座小城中，作家盛忠民便是其中的一位。

认得盛忠民，我得感谢富阳作家、诗人蒋立波先生。那是在二〇一六年六月，去参加富阳区一场大型的纪念黄公望文化周活动，巧与《富阳日报》文学编辑蒋立波先生同座。与立波有缘相遇，说得投机，从此为友，颇有往来。次年九月，立波兄闻我又在富阳黄公望隐居地，他忙中寻隙，过来陪我饮酒闲聊至夜深。次日上午，立波兄又携子全程陪同，再游龙门古镇。中午，立波兄安排，在他好友大盛开设的“子牛生活馆”招待我等。席间，又缘识散文作家盛忠民，和茶艺师大盛两位富阳朋友。

记得在前年秋，立波和忠民同来虞山，参加了我《黄公望传》的首发。期间，忠民兄对我说：兄来过富阳二十多次了，希望你下次再来时，我带你去万春山走走，上黄土岭竹山看看，寻访一下古刹大山寺如何？对忠民的邀约，我牢记于心。

忠民的老家，是在万春山黄土岭下上官乡。如今他虽已移居在小城中，仍每天奔走于小城与上官之间。在上官乡，有他的事业，有他的文化工作室。忠民兄特别喜爱家乡的山山水水，特别喜爱家乡的历史文化。与他茶间酒隙，许多富阳历史人文，许多上官乡旧时故事，如数家珍。忠民兄是富阳颇具名气的作家，我读过他许多散文作品，如：

两村隔一道山梁，山梁上全是青青翠竹，大山寺和黄土岭之间便成了名副其实的竹海。登高而望绵绵无极，翠浪起伏，微风过处莎莎作响，翠竹林散发出特有清香，使人看之陶然，闻之迷醉。”“大山寺有这绿水、青山、翠竹、奇峰，还有野花的点缀，更有那黄瓦青砖晨钟暮鼓，宁静的仿佛凝固了时间的庵庙，那份世外桃源般的美便足够了。这一刻的美，已然停留在心坎里，碧水、青山还有野花，甚至于一片狗尾巴草，都能在你心里留下永久的印记。更何况那随风而扬的芒花，舞动着妖魅的修长身影，人便醉在那秋意昂然成熟的季节里了。

如此美妙的描写，会让人对万春山和大山寺，产生无比美好的憧憬。

## 二

带着文化交流的借口，依约而行。去年四月二十日，是一个阳光明媚的日子。这次入富春，就是冲着忠民老家的万春山和大山寺而去的。在富阳城区作小歇后，到上官已是下午近一时。忠民和大盛俩兄，早已久候在路边一家球拍公司大院内。久别再逢，喜形于色。忠民兄引路，向他老家大盛村而去。

大盛村，地处黄土岭下大片幽深的竹山间。山村中间一条巷道，民居千姿百态，分座巷道两侧。忠民作为向导，熟门熟路。途经他家老屋，见幽暗的旧居，因年久失修，钉着门牌的门楣，竟然腐落于地。忠民自嘲地笑道“瞧我家这老屋，地处山坡，逼仄昏暗，破得不能住人啦。”我问：“为啥不翻建一下呢。”忠民道：“若翻建，地址逼仄实在不易，且投入巨大。如今又百事缠身，忙不过来，前几年迁居城里后，更是没空考虑，随它去吧。”

沿着山村中巷道，来到村后，在一条铺满厚厚竹叶的山道上攀行，山道两侧翠竹青青，姿态万千。山道不太陡，顺着山势缓缓向上，伸向翠竹密密的山脊深处。忠民指着山道说：“在古代时期，脚下这条山道，是一条非常重要的驿道。据说，那时候人们进杭州出富阳，都是走这条古驿道。在这古驿道上，或许曾有过黄公望的一串足印呢。”

一路闲聊着，在古驿道继续前行。阵阵微凉的山风，带着远处的鸟鸣声，扫过茂密的竹林，让这群不速之客，仿似进入了梦幻的画境中。“千竿修竹开前楹。”我的眼前，仿佛呈现了一个画面：黄公望身穿邋遢的道袍，横挎着永不离身的布囊，右手持杖，左手酒囊，正从山脊深处竹林间古驿道上，迎面而来……

黄公望非常喜欢竹子，当年的虞山西麓，在黄公望家的后山上，也有大片大片的竹林。在富春山黄公望隐居处，也能随处可见大片的竹林。黄公望一生许多诗作画作中，常常会提到竹，赞美竹。比如，他在《题倪云林赠耕云东轩读易图》中有“秋林潇洒秋气清，千竿修竹开前楹。自是燕山尚清贵，不与桃李争芳荣。”在题《苏东坡竹》中，有“一片湘云湿未干，春风吹下玉琅玕。强扶残醉挥吟笔，帘帐萧萧翠雨寒。”在题《黄荃花溪仙舫图》有“花发枝头水涨溪，仙丹犹泊武陵堤。重重楼阁仙云卷，无数青峰出竹西。”他在家乡虞山所做的《次韵梧竹主人所和竹所诗奉简四首》中，有“……竹里行厨常准备，浊醪不用恼比邻。文章尊俎朝朝醉，花果园林处处春。……”等等。所以，我是相信忠民兄“黄公望可能在黄土岭竹山留下过足印”那个推测的。

太阳，已经挂在竹梢上。返身沿古驿道下山，还要去大山寺。忠民兄说，去大山寺，有两条路。一条是下山出村，沿村外的乡间公路，开车兜过去，行车安全，但比较远，得多走近二十多分钟。另一条路，开车沿村后左侧新铺的公路上山，可以直接穿插到大山寺边，这样比较近，沿途还可观赏到万春山的最高峰。不过，走这条道，比较冒险，山间公路狭窄，且多急弯，胆量小的或驾驶技术差的，是不敢冒此一险的。

我是最喜欢冒险，又是老司机，曾开车走过虞山、九峰山、大别山、圣井山等许峻险的上山道，眼前的万春山，不可能吓得住我。于是发动小车，开始上山。车子在呈四十度左右的山道上前行。山道左边是山体，右边是悬崖，路面很窄，仅够一车通过，爬坡时，急弯一个连一个，确实惊险。坐在副驾驶位上的忠民，连声叫唤“小心，小心，开慢些。”大约十五分钟后，车已到山顶的一处平台。忠明说：“这里是这座山的最高处，可以在这里停一下车。一起看看山中风光。”依忠民所言，我将车稳稳停在平台前侧。

站在山崖边回望山下，村落的屋脊，半隐在绿荫之中。遥看东边，影影绰绰，两座山峰，烟岚缭绕，一派春色山景，让人心旷神怡。忠民抬手指点远处：“富阳区内富春江的两岸，有两支山脉，江北的是天目山脉，江南的为龙门山脉。远处这两座高山，海拔有八百米，称‘双峰尖’。双峰尖与万春岭，都属于龙门山脉，双峰尖再过去，就是萧山地界了。”我问忠民兄：“我们现在站的位置，海拔有多高呢。”忠民回过头来说：“大概有三百米左右吧。”

观罢山顶景色，从山顶平台驶向后山，一路沿道下坡，与上山时正好相反，右边是山体，左边是悬崖，连续十多个急弯后，终于到得山下。狭窄的乡村公路，靠左边的山体而前伸。全神贯注驾车前进，没空仔细观赏途经公路右侧那处也名为“万春”凉亭。

过万春亭后不久，进入一处山坳，道路变得坑坑洼洼。只见山坳深处，松荫寺塔，黄墙庙脊，庙宇两侧山体上，松竹相间，显得特别幽深僻静。忠民说，前方就是大山寺了。

## 三

大山寺，又称大山禅寺。大山禅寺距富春江不远，隐藏于浙江富春山区万春山下茂密的丛林之中。大山寺僻静幽深，风水位置极好，它背靠幽深高垒的山峰峻岭，寺两侧如围山梁似前伸的翠玉扶手，松竹茂密。寺前山门不远处左侧，有一池秀水昼照红日，夜映银月，碧如玉翠。 车刚停于寺外一片草坪，众人就被寺外一池碧水吸引了过去。忠民兄招呼前引，大家才惜情离开，向大山寺而去。

从建筑的外形上看到，这是一处古老的寺院。忠民带着我们一行，绕过寺墙外一处塔坛，从坡形的寺道上去，穿过月形寺门洞，拾石阶而行，上得寺中高高的石台阶，来到殿前东西窄长的小场。又移数步，便来到了卧佛殿前。殿墙西边草地上，奇花异草，绿茵如毯，有红枫银杏数株，各显姿态。西厢庵屋一溜数间，靠南屋前小场，设有圆形石桌。

石桌周围，坐着一群佛学院在寺中见习的女大学生，有三个芳龄美貌女孩，正煮茶交谈着。我们的唐突到访，引来那几位女孩的关注，她们热情地起身，招呼我们入座。我们表示谢过，并说明我们足是自行参观游览来意。

我们沿着寺中小道，逐境参观游览。见后院石壁上，有寺史介绍：大山禅寺，始建于明代。小寺初建时，有高僧隐居其间，师法修道，宏宗演教。历经数百年沧桑，未曾遭遇过毁损，古寺风韵至今犹存。十五年前，发现大殿年久失修，殿内栋柱和大梁，严重腐蚀，有倒塌之危险。经诉报天钟禅院觉明上人，求助资修。觉明上人多次到寺考察后，决定由天钟禅院斥资修复古寺，此后大山禅寺纳入天钟禅院管理。期间对卧佛殿、天王殿、地藏殿及僧居的寺屋三十余间进行了修建。目前寺内有女僧十来人，为在册佛教场所。此刻，身处于如此美极的山水之中，漫步于世外般幽静的寺庵院内，恍若此刻身在仙界，让人产生有隐居此间的欲念。

重新回到石桌边，那几位女孩热情地邀坐，为我们煮水让茶。闲谈中，她们听说我等一行，有作家、诗人，还有书画家和古琴家。其中一位顿时来了兴致，称自己也非常喜欢练习书画，尤其是喜欢古琴。我们随行的古琴家陈尉华笑道："我随行带着古琴呢。你既喜欢古琴，我可弹奏一曲，请您赐教，如何？"女孩听了，大笑道："我也尚在学习中，怎敢言教。但请老师尽管演奏，我正好聆听受教。""您客气了，哪我就去取琴过来。"陈尉华起身出寺门，从车上抱来古琴，在为她临时架起的琴桌上，开始拭琴，众人静立于陈尉华周围。尉华心静神定，纤指拨弦，清袖拂云，那悠扬的琴声，如天籁之音，云行流水般回荡在寺院之中。尉华连续演奏了《普庵咒》《梅花三弄》《春晓吟》三个曲子才罢，众人拍手喝彩，女学生们连连赞叹不已。陈尉华是苏州古琴大师，非物质遗产传承人，在她门下，有弟子数百人，演奏自然不凡。顺便透露一下，陈尉华还是我的堂弟媳呢。

撤琴归座，继续品茶闲聊。其中一位女孩说：“大山禅寺地处深山之中，平时闲客到访并不多，尤其是像你们这样的作家、艺术家文化人，更是极少。我们在平日闲时，常读些诗书，练习书法，以解无聊时光。今日你们到临山中，感谢你们为寺内带来许多生气。”与之交流之间，心间忽现灵感，我乘兴在笔记本上写下《大山寺题记》一诗，曰：“一池碧翠山中藏，殿宇几间释俗怀。峰谷幽深天籁好，七弦震拨雨云开。”此访大山寺留作。那几位女学生读了，谢道：“老师写得真好。”同行的作家老冒竟然提议，要我用书法留下此作。女孩们听了更是高兴，热情地将我等带入她的“大山寺书院”中。

道是书院，实是一个六十多平方的书斋。书斋内东西两侧靠墙，排满着书柜，书柜上码满各类书籍。南墙洞开一窗，夕阳的余晖透过玻璃，映洒在房中间的书桌上。室外远处声声鸟啼声，传入耳中，让整个书斋，显现出无比的幽雅和恬静。

女孩们在书桌边一张桌上铺纸引墨，选毫摆笔，让我们动手书写。谦让之余，我与画家剑峰现场献丑，各书一幅《大山寺题记》，留赠予寺中。书写完毕，女孩们拍手称好。

出了书院，我们向她们表示，要告辞离开了。她们热情地要我们与大家一起合影。夕阳下，众人在殿前那台阶上，随意站立，留下了此行最后一个景头。

众人出了寺院，驱车离开大山寺。归途中忠民说，大山寺有一个民间传说：说是在北宋末年，农民义军领袖方腊，在睦州起兵为王，封胞妹方百花为“百花公主”和义军元帅。方百花自幼习武，少年英姿，受命在杭州凤山门馒头山点将，英姿飒爽，威震三军，一路过关斩将，兵入富阳。一天，方百花率部来到万春山下。忽听得兄王方腊已在八月兵败遇害，方百花便产生绝念，欲自刎而去。其手下竭力劝阻，才逃入万春深山丛岭。方百花看到这里山峦高峻，奇峰叠嶂，翠竹幽深，泉清水碧，决定隐身于此。百花公主择深谷中平坦之处，建庵造屋，从此在庵中青灯素颜，隐姓埋名度过余生。

忠民的故事很动人。不过我记得有史料说，方百花是在攻打开封时阵亡的。随它史记也好，传说也罢。万春山，万世的山水，大山寺，千年的故事，会让多少人流连忘返。

2020 年 3 月 18 日

# 多情多姿在富春

天下有水亦有山，富春山川非人寰。长川不是春来绿，千峰倒影落其间。水送山迎入富春，一川如画晚晴新。云低远渡帆来重，潮落寒沙鸟下频。未必柳间无谢客，也应花里有秦人。严光万古清风在，不敢停桡更问津。

许多次读过唐代绍兴诗人吴融这首描写富春山水的诗。因为受吴融《富春》诗中意境的引诱，也因为探究黄公望，二十多年来，几乎每年会驱车去浙江，入富春，去体验吴融诗中富春山水的意境，去享受黄公望笔下那富春山水的美好。然而，当每次复去富春，那富春山水所给我的感受，总是那么不一样，真所谓“山迎水送在富春，复来还去依然新。”富春山水，成了我不可割舍的好去处。

## 心沐着阳光在富阳

去年春，与富阳作家盛忠民相约，去了他的家乡上官万春山，走进那里的竹林，探访了藏在深山野墺里的大山寺，这是我二十多年来第二十一次到富春。在此去行程途中，富阳的朋友蒋金乐（他时任富阳黄公望研究会副会长兼作协副主席，当地人称蒋金乐先生为阿乐。我入乡随俗，也叫他为阿乐，或称他为乐兄），曾给我发了一个微信。阿乐在微信上说，他在安顶山办事，知道我将到富阳，建议我过杭州后，从某高速出口下去，可直接去安顶山和他会合。然后，他要带我上安顶山顶去看看。在末句，他还以极其诱惑的口气说“在安顶山上，有你感兴趣的东西”。

那时，我的手机开着导航，车处于“十次经过九次堵”的杭州城外那段绕城高速。车比蚂蚁走得还慢，正被堵得心焦心急。当时，心里惦记着早已等候在黄公望隐居地王忠慧，根本没心情看手机上的微信。好不容易车流有所松动，才继续缓缓前进。本该十多分钟走完的这段绕城高速，整整走了一个多小时。原计划上午十点半左右到达目的地的，却在中午十二点多才到达。王忠慧携夫人早就静候在隐居地外的农家饭店了。坐停后，打开手机看微信，才发现有阿乐的微信留言。忙致电阿乐，向他致歉，并说明情况，心中才得安生。但是阿乐所言“安顶山”这个地名，从此刻在了我的心头。虽然早已过了午时，在隐居地外的农家饭店，并不影响我与好客的王忠慧推杯换盏，叙着旧谊的热闹气氛。

初识王忠慧，是在十年前春天的那次富阳之行。那时候，王忠慧是富阳黄公望村的当家人。我和他开玩笑说：“王书记，您是黄公望村人，却姓王，而不是姓黄，你干脆就改姓黄得了，哈哈。”王忠慧却说：“不管我姓什么啥，都不会影响这里是黄公望的隐居地，都不会影响我从此成了你的朋友，对不对。”王忠慧虽外表朴实个性忠厚，但说出的话，却非常幽默和智慧。那次王忠慧还与我口头约定：“今后，你每次到富阳，必须要预先通知我，我无论怎么忙，咱俩都要见上一面，我若到虞山，你也是如此。”此后十多年来，我遵循“君子之约”，与他在富阳、虞山见面十多次，之间情感更加笃深。印象最深的，是四年前那一次。那年，他已被调任上官乡上，工作十分繁忙。当他得知我饭后将离开富阳的消息后，竟然利用中午短暂的休息时间，顶着烈日，从上官驱车五十多公里，赶到富春江边高速公路下的饭店，为的是要与我见个面，握个手，送个行。如此之间，不断加深和延续着他与我之间朴素而深厚的情感。

我始终坚信这一句话：“当你的胸怀中装着太阳的时候，你的眼中和脸上，一定写满了阳光，你的朋友一定会迎你而来。”待人真诚是交友的法宝。因为去了富阳太多次，我在富阳就有了高峰、忠升、阿乐、志军、阿周、乐群、刚强、张军、立波、忠民、大盛等数十位似王忠慧一样热情真诚的朋友，就有了我与他们之间，许多让人回味无穷的故事。

去年春的万春山大山寺之行，非常圆满，让人感到惬意和回味无穷，这得归功于富阳作家盛忠民邀约，和一路相伴。在离开富阳的同时，心里留下了两个心愿。在阿乐微信中说的那个“安顶山”，让我胡思乱想，常入梦中。“在安顶山上，有你感兴趣的东西。”阿乐卖的这个关子，留给我的这个悬念，搞得我心不安宁。这安顶山上，到底有什么值得我感兴趣的故事呢。是年秋天，随常熟台办领导和诸政协会员赴浙江诸地考察文化，又到了富阳。因是集体活动，没得闲时。于夜深时，阿乐约我在宾馆匆匆会一面，言谈之间，可惜未涉及“安顶山”，只说好明年再聚。

还有一个心愿，便是一定要再去大山寺。去年临别大山寺的时候，寺中师父热情地送行至寺外，她真诚相邀“欢迎老师，明年再来小寺。”我随口回答道：“会的，我明春一定还会到大山寺来做客的。”虽然是应景之言，却不可存诓人之意。真佛面前，不说假话。一言既出，我必须遵这个诺。

明年，我再到富春，必访大山寺，要亲手送上我书写的《大山寺题记》这首诗。

## 第二十三次入富春

今年为庚子年，是一个不平凡的年头。新年开春以来，新冠病毒疫情的形势严峻，耽误了我再一次春入富春的计划。为着两个心愿，一直寻找着再到富阳的时机。六月末，疫情形势终于有了缓解。可整个七月，又逢那绵延不断的梅雨天气和台风暴雨。被迫在工作室里宅得太久，被潮热的空气长久腐化的心情，好似生了“霉菌”。每天查看着手机上的气象预报，急切地盼望着，啥时候才有云开雾散的晴朗天气。

七月中旬，在微信上聊天时，富阳的几位朋友，又邀约我再去富阳。记得楼高峰（富阳区文旅局副局长时兼黄公望研究会会长）在微信上对我说“浦老师来富阳吧，你该上安顶山去看看啊。”“安顶山”？又是让我心痒的“安顶山”，山上到底有什么呢。此后的几天里，“安顶山”几乎每天进入我的夜梦之中。好不容易逃出了七月，气象预报说：八月上旬都是好天气。气象预报，更让我下定了再入富春的决心。我想：该启程了。

到富阳之时，已经是八月七日的晚上了。富阳的许多朋友很早地等候在富春江边的东吴文化公园了。除了来之前就联系好的阿乐、忠慧、忠民以外，还有黄公望书画院院长蔡乐群，新任黄公望研究会副会长吴刚强等我的另外几位富阳朋友。与他们交往十多年，虽然习惯了他们的细致和热情，情感与日俱增。老友们再聚富春鹿山下，富春江迷人的夜色，伴随着老白干，和着玫瑰色的红酒，差点让我醉倒在东吴文化公园的荷花池边。

蒋金乐作为富阳知名的文化学者，许多富阳市民都知道他这个名字，许多熟悉他的人，都喜欢或习惯称呼他为“阿乐”。我却习惯喊他为乐兄。席后，乐兄问我：“浦兄此次到富阳，打算作何安排。”我虽未醉，却也说了句让乐兄犯猜的话：“我这次到富阳，首先是要当面祝贺您新当选会长，其次还得还两个愿。”乐兄听了，说了声“谢谢”，又很迷惑地问：“还愿，还什么愿？”“这第一个愿，就是要去你说的‘安顶山’。烦请乐兄明天当向导，带我上安顶山去，好解我心头之谜。”乐兄听了，他当即大笑。他兴奋又神秘兮兮地告诉我，“浦兄，你明天到了安顶山上，就会明白的，你的第二个愿是……”我听了，也装出些神秘感，说道：“我的第二个愿嘛，……后天，我再告诉您。”两人会心而笑，在东吴文化公园外广场告别时，已时近半夜。回到临江花园度假酒店，躺在宾馆中柔软舒适的床上，心里依然不停地想着安顶山，迷迷糊糊中好久，才渐入梦乡。

此日上午刚过九点，“向导”依约准时来到了酒店。刚见面，向导阿乐征求我意见说：“浦兄，咱是否可以把日程改一下？”我看着阿乐，疑惑地说道：“客随主便，怎么改，听您的。”阿乐说：“浦兄，昨天好像听你说过，你还想再去看一看著名作家麦家旧居和蒋家祠堂。”我说道：“是啊。”阿乐又说：“我建议你，改为上午去看家麦家旧居。到安顶山路程比较远，下午去比较合适，时间会更充足。再说，‘好戏’得放在后头看才好。”“有道理。”我听了阿乐的话，接受了他的建议。话毕，阿乐一路导行，向麦家故乡大源镇而去。

# 麦家旧居与东山寺

著名作家麦家的故乡，也是蒋金乐的故乡。从蒋家祠堂内陈列的介绍中，可以看到，麦家原名蒋本虎，是大源蒋氏第二十三世孙，与阿乐是本族同门中人。

大源镇的蒋家祠堂，是一处典型的江南姓氏文化宗祠，非常难得。从祠堂陈列的历史文化展览及新古牌匾中可以看出，蒋氏家族文化，底蕴非常深厚。该祠历史悠久，曾历经三毁三建，保存到如今，非常不容易。从祠堂修缮记载的文字中，可看出麦家和阿乐他们，为修复蒋家祠堂的奔走，以及所做出的奉献。也可以看到富阳区政府，对古村落文化的保护之用心。

麦家的旧居，在蒋家祠堂后边大约村中心的位置，与前边阿乐家的旧居，相距约三十米。不过阿乐家的旧居，早已折去了，仅剩下一片长满青草和藓苔的宅基地。麦家的旧居，是座二层三开间，多进式古屋。麦家当年生活过的房子，大概是在第二井的位置。从西边侧门，进入麦家的旧居，和我多年前来参观时，看到的一般模样，依旧有参观者络绎不绝。底楼正厅中央的壁上，挂着一幅中堂水墨山水画，画两侧配着一对轴联：“诗堪入画方称妙，文到穷处自有神。”室中央书案上，码放着许多图书和一套茶具，方便参观者休息小读。正厅外当面，是一个天井小院，小院南壁墙根下，摆放着许多盆栽兰花。小院中央，摆着一口大缸，内种着一丛睡莲，透着幽雅的气息。

东西两厢，是文创小屋。东厢门紧闭，西厢门开着，一个美貌女孩，坐在茶案内，正煮着茶，招呼着她的客人。随着女孩的举止之间，她脸上旋出的两个深深的酒窝，美呆了她身前那个青年茶客：那个青年茶客出神时，不小心打翻女孩递给他那盏盛着溢香的茶汤。

我的注意力，转移到了女孩身旁右边的墙上。在那里，挂着麦家左手托着腮颊、戴着眼镜的素描画像。“……**尊崇先祖教诲，一手执书，一手掌礼，乘风破浪，蒸蒸日上，永不止步。**”我似乎看清了，麦家眼镜背后那双眼睛里，透出的深邃莫测的思考。

阿乐一路介绍着麦家旧居的故事。说起家乡的文化，他总会喜形于色，手舞足蹈，可以滔滔不绝。离开蒋家门村时，阿乐说时间还早，可以上东山寺去看看。

“客随主便”是老规矩。乐兄引路，开车上山。一路上，对于乐兄说的所谓山道，实在不敢恭维。什么山道，明明是从山上冲下来的鹅卵石，形成了连续急弯、坡形陡峭，坑坑洼洼的山谷通道。约一刻钟后，好不容易爬到山上一处寺庙的平台上，才停车。我估计，这一刻钟爬的山道，起码减少我这车胎寿命近一年。哈哈，没办法，既然上来了，心痛已经晚了。

寺庙外场台的右边沿，长有一棵古老粗大的山树。不知为什么，它的树冠，竟然都被锯掉了，在它的竿顶处，居然有几丛不甘被扼杀的嫩枝绿叶，挺欢地生长着，展示了它顽强而蓬勃的生机。

东山寺坐落于群山之之中，四周没有护围寺院的围墙。大殿为二檐式佛家殿堂，建筑外形崭新，气势宏伟。檐下匾额有“圆通宝殿”四个金光闪亮的大字。殿门大开，观世音菩萨立像，供奉正中，殿内宽阔，香烟缭绕。

见有客至寺，寺内中年师父慧缘，缓步迎至殿外。因为心中依然想着上山时的坎坷、巅簸之道，问慧缘：“请教师父，咱这站身之处，海拔有多高。”慧缘告诉我：“东山寺，海拔近有三百米。寺内为观音殿，名为圆通宝殿，圆通是观世音菩萨的悉号。寺史历有千年矣。”我不通佛家史学，听闻之间，口复：“谢谢师父。”举足之间，仅有学观之态。心里一直惦记着下午的行程。

告辞慧缘师父，阿乐带着我等下山。车拐到山中一水库处，名“东坎坞”。阿乐叫停车，作短暂小歇，好欣赏水库边山中景色。时已正午，肚子开始叫唤了。阿乐才引导着车程，驶入山坳间一处农家饭店，说是让我们去品尝农家土山鸡，聊作中餐。我与潘吉等躲入空调间内休息，阿乐忙着与饭店老板去张罗。

约两支烟的工夫，老板端着冒着热气、溢着馋人香味的两只土山鸡，摆上桌来。乐兄非常热情，他手撕了一大块鸡肉，让我品尝。刚出锅的鸡肉，味道确实非常鲜美。使我想起了四十多年前，坐火车经德州时，曾吃过的“德州扒鸡”的味道。大家不言客气，仅十多分钟之间，两只土山鸡，就被众人手撕“瓜分”尽了，桌上留下一片碗筷狼藉。看眼前的情景，我对阿乐笑侃道：“进得深山才半日，书生变身洪七公。大家都学会洪七公吃鸡的本领了，哈哈。”

看着刚洗过手后的阿乐，我点着香烟，眼里说：“吃饱喝足了，下午该上好戏了吧。”阿乐会心地笑道：“好吧，该出发了，上安顶山去。”

## 安顶山顶探大西庵

“富春山里多奇峻，安顶峰坳有旧庵。苍色柳杉千百载，元风遗韵在残垣。”这是我上安顶山后，在柳杉下产生的感叹。

安顶山，因山顶形如马鞍，又称鞍顶山。古代民间又名为“庵顶山”。安顶山坐落于富春江南岸，位于渔山乡大葛村与里山镇安顶村及灵桥镇蔡家坞的三交界处。安顶山的主峰名为“车正山”，又名“仰天坞”，海拔 790.2 米。安顶山上风景秀丽，风光无限。近几年富阳为开发旅游产业，新修成了通往山顶的柏油公路。不过，这条柏油公路可不一般，山路不但狭窄、陡峭，许多坡度呈 40 至 45 度左右，而且是一个连着一个，有几十道 180 度急弯。可谓不经历其山路之崎岖，是不能体会到驾车上安顶山之险的。当地人说，若没有十年以上驾车经验的人，是断然不敢随便开车上去的。

我虽有着近二十年的驾龄，可驾车行驶在这深山陡坡的山道上，也是小心翼翼。不断地上坡又下坡，下坡又上坡，不知上下几十个陡坡和急弯。几乎把驾车技术发挥到了极致。坐在副驾驶位置的阿乐，翘起大拇指夸我道："驾驶技术真不错。"

途经山中一大片竹山处，阿乐让我路边车停，说带我去看看藏于这竹山中的古驿道。一起下车后，随着乐兄的走向，向左侧竹山中走数十步，直径入得竹林间。果然见在涧水细流的山涧右边，有一条石级道，上边布满尚未腐烂的枯竹叶。古驿道拾级而上，向竹林深处延伸着。在山涧右边拐弯处，有一个指路柱，柱上指路牌分别标着"山顶古道""盘山公路"和"环桥江边"三个方向。乐兄指着石级道说："这条古道，就是通往安顶山顶的古驿道，在没有这条盘山公路之前，历朝历代上山的人，只能通过这条山道，才上得了山顶。黄公望当年可能也走过。"

此刻没时间去探讨阿乐的这个话题，抓紧时间上山才是主题。继续驾车上坡又下坡，下坡又上坡，不知又冲过了几十个陡坡和急弯。约半个小时后，车右拐来到山顶最高峰南对边的一个开阔的平台形山地上，阿乐对我说："到目的地了，停车吧。"车在路边停稳后，我随着阿乐下了车。抬眼看了一下四周，见山路两边，一片片杂乱的灌木丛，与山民种的西瓜蔓，交叉生长着。一个个如大碗口一般大的黑皮西瓜，在瓜蔓下有意露出诱人的瓜形。

向前方远处举目遥望，近山连着远山，起伏连绵。但是并没有发现有什么特别的地方。正疑惑间，听阿乐喊道："浦兄啊，当年的黄公望，很可能也到过这里的呢。""哦。"我与阿乐都是从事于研究黄公望的，听阿乐提到黄公望，我马上来了精神。我靠近阿乐问道："乐兄，是真的吗，你有什么依据吗。你与高峰都在我面前提到安顶山，就是因为这个原因？""当然是呀，"阿乐抬手指向东边坡下那个山坳间，"浦兄你看，在那里有几间破屋的废墟。你可别小瞧这几间破屋，它原来是一个道庵，名叫大西庵，已经有上千年的历史了。在这个道庵里，曾经还保存过黄公望的画作。""哦。"阿乐的话引起了我极大的兴趣。说话间脚步不停，已随阿乐到了坡前。

阿乐指着那坡下一片矮茶树圃说："本来从这片茶树间的那条小道下去，可以到这座古庵屋前。这一阵天天下雨，你看那小道上，已经长满了青苔，现在从这下去，可不好走了，很危险。得从左边那坡下绕过去。"阿乐说完，带着李烨、潘吉他们向左后方的大坡方向而去。我看了一下阿乐去的那个方向，目测了一下其路程，如果从大坡方向绕过去，起码多走二百多米，而从茶树间的那条小道下去，只需要走三十多米。一向喜欢冒险的我，想道：就从这小道下去，小心一些，应该没有问题的吧。想毕，我纵身跃下那片茶树间。我横跨着脚步，顺着那条小道，一步一步，小心翼翼地到了坡下，向庵屋前那片草地行进，一小会儿就到了那几间破屋前。再看阿乐他们，距庵屋废墟，还有近百步之遥。

我仔细观察着眼前这几间破屋，有几位山民，正在破屋前拾掇着一些杂物。我绕着那座破败的道家庵殿，走了大半圈。庵屋位于四面环山山坳里，坐北面南，有五间阁楼式二层正屋，西边数间厢屋。整座建筑的屋面大多已经塌落，东首那阁楼的塌落处，横梁残件仍然斜吊在那里。整座庵屋背后，有一条浅水沟，通向北边低坳处。庵屋四周外墙的壁面，还算完整。四周庵墙上，大概是经受了太久岁月的侵蚀，清晰地留下了数代庵主历次修缮的痕迹。

最原始的是墙根以上一人高的墙体，均以山石垒砌而成的，上边布满着青苔。中部墙体，是山石与大青砖开斗混砌的墙面，基本保持了原来形状，只是墙面上修补处，是斜砌的侧砖，与原墙体用砖，明显出自不同时代。在正屋山墙和厢屋山墙上部至尖顶处，都有多处补过后的塌洞痕迹，其修缮方式和修补用砖，呈现了不同时代用材和修补手法工艺。

我从浅沟外塑料布护围的豁口处走出，来到庵屋外约二丈之后西边的山坡上。山坡上有五株古代树木，从南至西，一字排开。中间三株，主干数抱，枝繁叶茂，树冠云盖，苍劲有力，高大参天。树身上都挂有名木保护标志铁牌，牌上注释，此树名为“柳杉”，为二级保护古树，历史逾 310 年。大树西北处坡下，有一潭清泉，清澈见底，数株古树倒映水中，绰约多姿。从这座庵屋残垣周围整体的状态可以看出，这里确实是一座古代道家庵殿，它存在于世，到底有多少年了，恐怕只有让考古学家去研究了。

反复观察许久后，才离开庵殿废墟，向南坡停车地返回。途中发现，在杂树半阴处的路边，有介绍山顶地形绘图及大西庵历史的两块木质竖牌。驻足细细阅看，竖牌上说，这大西庵，位于安顶山海拔 709 米处的山坳里，是一座千年古寺。大西庵有一个传奇故事：

在元末明初时，朱元璋起兵造反，不慎兵败至安顶山，后边仍有元兵紧追不舍，正当朱元璋走投无路之际，忽遇山上庵中的三位多年习武、武艺高强的道长出手相救。三位道长帮助朱元璋打退了追来的元兵。后来，朱元璋登基做了皇帝之后，念念不忘三位道长的救命之恩，派使臣带兵进山，去寻找三位道长的下落。想不到，三位道长在入道前，曾做过强盗，见到官兵进山，误以为官府又派人来捉拿他们归案，坚决不肯随官兵出山，宁愿自杀而身亡。朱元璋知道后，非常后悔报恩未成，反误了三位道长的生命。他一怒之下，革了使臣的官职，并追封三位道长为“三仙王”，将三位道长遗骨，葬于大西庵边的陇岗，为他们在庵中塑设神像，永受人间烟火。

故事虽然有点离奇，但让古庵存在的历史时间，多了个让人相信的理由。我边走边思考着回到车上。乐兄指挥我把车掉头，向西边那最高峰而去。去西边山峰的道路更陡峭。我车挂二挡，小心而上。

阿乐却滔滔不绝。他对我说道：“浦兄啊，明代初时，这座大西庵中，曾有过黄公望真迹图呢。”我听后，疑惑地侧头看了一眼阿乐，问：“哦，能确定吗。”阿乐从容答道：“在富阳地方史料中，发现有明代富阳人俞膺为大西庵中所藏黄公望的画而题《灵峰山》诗，记得其中有两句赞说：‘……道人醉墨成陈迹，铁笛声寒夜不寐。’诗中的‘道人醉墨成陈迹’很可能指的是黄公望酒后的画作，‘铁笛声寒’很可能指的是吹铁笛的黄公望或杨维桢。你也知道，黄公望与杨维桢是铁杆好友，他们都喜欢吹铁笛的。再说，在明代初期，这富春江边七百多米高的道庵里，是什么样的人，既会‘醉墨’又善‘铁笛’还留下陈迹呢。”［俞膺，字古章，富阳渔山乡（灵峰里）人，明代正统至景泰年间（1436—1456）富阳名士、诗人。俞膺生平好学，却淡于名利。他敦品力行，不求仕进，长期隐居于安顶山下渔山乡，对安顶山大西

**庵内的情况非常了解。**］我想，阿乐分析得很有道理。从当年俞膺在大西庵里题写的诗句中，去寻找线索，可能会发现我们所未知的黄公望行迹。

与阿乐话说完的同时，我小心驾着车，到了峰顶的拐弯处。阿乐说："到顶了，停车吧。"顶峰柏油路的拐弯处，有一片宽阔的平地。我把车停在平地右边的拐弯处。从车上下来，随阿乐向左边坡下走十余步，到了一座泥木结构的小屋前。小屋前有一片大约十多平方米的小场，小场左边是延向屋后的斜形平台，斜形平台下是深深的山崖。有几位山民，正在斜形平台上筑铺路面，架设崖边安全护栏。

今日天气特别晴朗，站在斜形平台上，向屋后山下西北方向远处眺望，"长河烟水茫茫，崎山层层叠嶂。青山绰影宽宏，远天齐平无垠。"心中赞叹之句，随之生出。再看近处山谷中"千峰围着渔山镇，形似盘龙守山乡。鳞次栉比万脊黛，村廓一派好气象。"真是一览无余的极好风水宝地，怪不得当年俞膺要拒于出仕，甘心于隐居乡里了。

回头再看小屋。说是小屋，是因为它相对于宏大山顶的比例而言。其实小屋并不小，它有正屋三间，正屋西边紧连着向北折处的两间。正屋里陈设比较简陋，但很宽敞，西边设有厨房。屋主人是个精瘦又很精神的中年山民。看得出，阿乐与屋主人很熟悉。阿乐说，他俩之间是朋友。阿乐向屋主人介绍了来客的身份。屋主人听后，热情地切了两个黑皮西瓜招待我们。阿乐当着屋主人的面对我说："这种黑皮西瓜就是刚才在大西庵屋后山坡上你见到的那种瓜。这是安顶山大西庵岭上特有品种，非常甜的，快品尝一下。"

盛情之下难却真意，既来之，则食之。"果然好瓜。"品尝之下，我赞不绝口。与屋主人交流中了解到，这山顶小屋，是山上的草木树林安全的守护点，也是为上山游客，提供歇息的服务点。

目前，安顶山是富阳旅游文化产业尚未开发之地，这里有苍翠大树和清泉做伴，有千峰万树的美丽风光，有大西庵千载人文故事。或许，将来的安顶山和大西庵岭，会引来更多文人墨客寻古探幽，写境抒情。

## “燕月山”斋中叙雅趣

从安顶山下来，准备次日去大山寺。我在富阳近两天，阿乐不顾疲惫，始终陪着奔波，本想让他明天休息吧，别再为我忙碌了。但阿乐坚持要同往，我就不再劝阻了。阿乐虽是富阳人，说是未去过该寺，让我感到很惊讶。我想，可能是阿乐对大山寺很好奇，或者他对我说的那个心愿，也感到很好奇。我与阿乐约定：明天，各走自己的行程，上午九点前，在万春山下上官乡忠民的“燕月山”工作室会合，然后再一起入大山寺。

以前，从富阳市区到万春山下上官乡，是沿着富春江右岸前行一段后，再向龙门镇方向走三十余公里，过龙门镇后再走数公里，便到上官了。近几年富阳道路建设发展快速，加上至龙门镇旅游业发展的需要，从富阳市区到龙门镇，已经有了高速公路可以直达。

我到忠民工作室时，正好八点半。忠民在他的工作室外路口，接到了我们。见面问好握手之后，我即问忠民“蒋老师到了没有。”“蒋老师还没到。”忠民说完，热情引路，进入他的工作室。

忠民的“燕月山”工作室，是个三开间门面的宽敞场所。室内地面上，刷着我特别喜欢的深绿色，给人清凉的感觉。室中央地上和木架子上，到处摆放着他自制的数十盆石菖蒲盆景。靠墙四周，有几个木架子，码放着他的许多书，以及他经营的农家产品。在最里间的茶案上，他早为我们准备好了将煮的茶。茶案背后墙的上，有一幅“川流不息”的隶书匾额。整个工作室的氛围，给人一个文化人在经营农家业的气息。

参观着“燕月山”工作室，也顺便等阿乐。心想，阿乐是本地人，道路应该比我熟，理应先到上官的啊。正想着，在上官乡政府工作的王忠慧，也到了忠民工作室。我赶紧迎上前去，握着他的手说：“忠慧兄啊，让你百忙之中来陪我，真不好意思。”忠慧道：“客气啥，早说好的，浦兄来了，再忙也得陪。”说话间，他的手机响起。“是蒋金乐的电话。”他说。

原来阿乐虽然是富阳人，但却未到过上官忠民的工作室。忠慧在手机上把我们所处的位置图，发给了阿乐。半支香烟的工夫，阿乐他们，也到了“燕月山”门口。随阿乐来的，还有蔡乐群、王东亮。

蔡乐群，大家称他为乐叔。与乐叔初次相识，是十年前的事了。因为黄公望，那年高峰与阿乐、骆松涛、乐叔、吴刚强等六人，寻访到了我处。乐叔是侏儒身材，长得极其矮小。那次他们来找我时，见阿乐抱着乐叔下车，我还以为乐叔是阿乐的小孙子呢。却不知，乐叔是富阳著名的画家、富阳黄公望书画院的院长。真所谓，人不可貌相呀。此后几次到富阳，乐叔多次作陪，他还许诺，要赠画作予我。可惜，一直未拿到他的大作。

两路人马，都到了“燕月山”工作室。忠民忙于煮水泡茶，接待客人。我见了，忙劝阻忠民：“忠民，别泡茶了，马上还得去大山寺。时间紧，来不及喝茶了，把茶留着，等下次再喝吧。”说话间，阿乐和乐叔各拿出了各自带来的书画，说是要赠送予我，让我既高兴，又感到意外。

阿乐赠我的，是一幅他九十四岁的老父亲蒋旭旦先生写的一个书法条幅：“‘山翁有约谈真诀。’——黄公望诗句。”这是黄公望在他的《荆洪谷楚山秋晚图》题诗中的一句诗，全文是“天高气肃万峰青，荏苒云烟满户庭。径僻忽惊黄叶下，树荒犹听午鸡鸣。山翁有约谈真诀，野客无心任醉醒。最是一窗秋色好，当年洪谷旧知名”。常在阿乐的微信上看到他洒出蒋旭旦老先生的书法，心中一直赞叹这位九十四岁老的作品，想不到今天能得到如此墨宝馈赠，心中十分感动，唯遥祝蒋旭旦老先生健康长寿。

乐叔赠予我的，是一个未裱的微型山水画手卷，名为《富春嘉遁》，此卷画芯高 11.2 厘米，画芯长 135 厘米，画首题长 33.5 厘米，题跋长 80 厘米，总长 248.5 厘米。全图展示了一幅“富春山居与春江泛舟”交相辉映的春景。在乐叔的题跋中，可见其蕴蓄了对黄公望当年隐居富春，留下传世巨作后遁身于世外之谜的探索，真是用心良苦。终于得乐叔的馈赠，不胜感激。将乐叔拥抱于怀，聊表当时之情，却把在场的朋友们逗笑得人仰马翻。

笑归笑，乐归乐，时针照常悄悄行走着。好不容易到了忠民的“燕月山”工作室，还没有和忠民好好叙叙旧谊，顺手还“偷”了忠民养的一盆石菖蒲，感觉对不起忠民和他的盛情。想起时间紧促，该出发去大山寺了。情惜之间，离开了“燕月山”，奔大山寺而去。

## 践诺重访大山禅寺

去年春，忠民带我去了大山寺，其间在寺中作了一首《题记》诗，赠予寺中，临别时曾许诺：“明年一定会再访大山寺的。”此后，心中一直惦记着大山寺。心诚至处，举无虚为。真佛面前不说假话，成为我的一个心结。

再临大山寺时，当地深里村两位村人，早已候在山门外草坪上迎接我们。正纳闷时，王忠慧告诉我说，他们是大山寺所属地深里村的领导陈圭等，听说今天有江苏的文化“专家”和本区（富阳区）的文化专家要来考察大山寺，他特地赶来迎接作陪。忙与陈圭握手致谢。唉，这个王忠慧，把动静闹大了，真是惭愧煞我们了。几路人马，齐集于草坪上，一起浩浩荡荡进入了大山寺。我真怕咱这个场面，会惊动了寺中的菩萨。

身近大殿外，看到在大殿内佛像下西侧，一位中年而美貌的女师父，身披方丈袍，手捋念佛珠，正双唇微动、全神贯注地默默念诵着经文。我想，果然打搅到寺中清静了。

正忐忑时，迎面来了一位中年女师父。女师父双手作揖，轻声问道：“请教施主，光临小寺，有什么事情，需要贫尼帮忙的吗？”我忙作揖回道：“谢谢师父，我是去年春曾到过贵寺的虞山闲人。请问一下，大利在吗？”女师父说：“大利今天到杭州办事去了，可能晚上才会回寺，施主若有事，可以交代于我，我一定向大利转达。”我说：“好的，请教师父你怎么称呼。”女师父回说：“不敢，我是大慧。”

我听后，赞道：“大智，大慧，好名号。是这样，去年我在贵寺时，写了一首诗，叫《大山寺题记》，当时曾向大利说过，明年我再到大山寺，一定会用书法把这首拙作写好，献赠予贵寺的。今天我把拙作带来了，谢托你转交给大利。”说话间，我从大信封中取出《大山寺题记》书法作品，双手交给大慧。大慧看过后，笑着说：“真好，真好。我代小寺和大利，感谢老师。”话毕，大慧带我等去寺中各处参观，然后又去了寺中书院，放好了我所赠的那幅书法作品。

这个书院，与去年春我们所见的，小有变动：屋中央原来的几张条桌，已经移去，沿墙增加了几只书柜，书柜上码满了经书。大慧说，现在这里是寺内的藏经室，一般不让外人进入。我闻言后，自觉退回屋外。

在藏经室门外廊下，恰遇在大殿内诵经已毕的那位师父。大慧向那位师父介绍我说："师父，这位老师，是江苏来的作家，去年春天来过寺中，与大利认识。老师向我们寺中赠送了一幅他为本寺写的书法作品，我刚收藏起来。"那位师父听后道："谢谢老师。欢迎老师来小寺做客。"大慧转身又向我们介绍说："这位是我寺中前任住持心清。心清道行高深，她是本寺资深而年轻的老住持呢。"心清听后，忙道："哪里，哪里。我是净心学佛，没有高深的道行，老师别听大慧胡说。老师可愿随我去迎宾堂小坐。""好的啊，感谢师父。"跟随在心清身后，我说："我们的来到，打搅师父的清修了。"心清笑道："无妨，我该做的功课，已完成了。小寺地处深山里，所来的客人，大多是当地香众或居士，像你们一样的文化人，少有到访。你们能来本寺，是寺中幸事，欢迎老师们常到本寺来做客。"

说话间，众人缓缓前行，已来到迎宾堂。迎宾堂明亮宽敞，四周墙上均挂有以佛家箴言的书法作品，正面首座是寺主宝座，三面宾座一律豪华木质座椅，室内陈设给人庄重得体、入座便心静之感觉。

心清和大慧忙着泡茶，招呼客人安座。宾主间，聊着山中风光，谈着寺中琐事，气氛融洽、祥和。闲聊中，心清说："寺内有多位居士，常年住于本寺之中。今年寺内正考虑扩建寺舍，增设居士清修用舍。老师是作家，将来本寺居士用舍扩建完工后，欢迎老师再来寺中。到时，老师可以在寺内，休养身心，静心写作哦。"我闻之欣喜："如此太好了。等贵寺建设竣工后，我一定会抽闲，再来寺中欣赏新貌的。如果可以在处于这灵山妙水之间的千年古刹中静心写作，真是我生平梦寐以求的。”

言谈之中，窥悟到了山中僧尼修行敬佛之艰苦。特别是女性，在这远离五光十色喧闹繁华的城市，隐入深山寒寺，超凡脱俗，静心修道，实是不易。

一起到访的富阳黄公望书画院的院长、画家蔡乐群，随机向心清师太献上了赠予大山寺的一幅书法对联：“福田无量，佛德永年”，为此访画上了一个热烈而圆满的句号。

时已正午，我向心清和大慧两位师父致谢告别，心清说，已安排好了素斋，请老师在寺中用餐。我们再三辞谢。离开大山寺时，两位师父缓步送行至山门外，挥手依依，心念佛保平安，有缘再会时再见。

离开大山寺，告别富阳诸友。回到家后的当天晚上，又接到阿乐的微信，他在微信上问：“浦兄又到大山寺，是还了什么愿？”我回答阿乐，说：“再访大山寺，是我的一个许诺。‘君子之言，不可食也’。”

2020 年 8 月 30 日于隐梅斋

# 秋水盈盈闹海州

连云港，古称海州。因海州湾之东域有连岛，海之西岸有云台山，而岛与山之间就是海州百姓千百年来生存居住生活的海边码头和出海港口，所以有“连云”之名。

## 三临海州只重此

第一次去连云港，是在十三年前的2004年3月。那是一次参加由中国文化出版社，南京中山文学院，香港《文学报》社，《小小说读者》杂志社，镇江《金山》杂志社等六家单位举办了“‘烟花三月下扬州’文学笔会暨颁奖活动”。那次活动当天的举办地，虽然是放在扬州，但是随后的几天活动，却安排去了淮安和连云港，并且还在连云港住了两宿。

初到连云港，除了游花果山，印象最深的，是与连云港作家的当晚交流，和第二天从下午直闹到晚上的海边沙滩上的篝火晚会。来自全国各地的一百多名作家，忘情地唱着歌，跳着舞的情景。如今想起，记忆犹新。至于连云港给我的印象，除了海和水晶，其他的好像没记住什么。

第二次去，是在四年前的暑期。两个孙女放了暑假，吵着要我带她们去看大海，还提出非要带她们去连云港。就这样，一家人自驾到了连云港后，住在连岛海景房公寓。下午海边游泳沙滩上玩，第二天一早看日出，上午游花果山。孩子们玩得很高兴，我却感觉没有新意，加上天又太热，拖大带小的，实在觉得很累。

陈武先生是连云港的骄子，著名的海州作家。自常熟虞山下尚湖边景秀园，与陈武初识，并一起品茶、饮酒至今，已经有六个多年头了。从此，陈武每来常熟，一起爬虞山，游尚湖，一起在冷泉竹林饮酒，在望虞台上品茗，已成为我与潘吉、老冒等文友兄弟们的一大人生快事。常熟有句俗语“常来常熟”。陈武来常熟多了，与我等兄弟们的情感也愈加深厚。由此，邀请我等一定得去海州，游一下连云港，看看海州湾，登一下花果山，似乎成了他的心结。果然这次的连云港之行，是应陈武、杨树军等连云港作家朋友的盛情邀请。

趁十一长假间空闲，常熟诸文友欣然驱车去了连云港。“金秋十月，桂花盛开，秋水盈盈，出游海州，”成了我第三次、也是最开心的一次海州之旅。

虽然是第三次海州之旅，因有好友陈武、杨树军等朋友如约在海州等着我们，心中的感觉，却那样迫切。听说现在的连云港市区，已是今非昔比。但文人们在城市待久了，出行时，总不喜欢高楼耸立的大街马路，偏爱峻山秀水或田野。一路高速道，看着车窗外飞逝的田野、山水，心里竟然默默有词地念着“连云的港，接云的水，我第三次来靠近你啦”。

# 玉女峰顶览海市

中午时分，车到海州。为常熟来客安排的“接风餐”，是在依山临湖的市郊“农家乐”，可见，陈武果然是非常了解常熟客人心情的。陈武说“接风餐”只是安排了便饭。待席间杨树军先生说的一条“小鱼”上桌时，才发现竟有十来斤重，把我们的胃塞得大饱了。

饭后休息时，陈武说要带着我们首先游花果山。花果山，在连云港市郊。花果山由锦屏山、前云台山、中云台山、后云台山和鹰游山等群山组成，其中玉女峰海拔有620多米，为江苏省最高点。秋韵浓郁下的花果山区，气象万千，似一幅万紫千红的秋景图，让人顿觉气爽神清。蜿蜒曲折的上山道两侧，长满郁郁葱葱的各类植物，竞相展现着自己的风姿。一行人随主人乘上山小巴士，千绕百拐，很快地登上了花果山的玉女峰。

在玉女峰上，最活跃的人物，当数老冒。你别瞧他虽然有五十多岁的年龄了，他的两条长腿，充分显示出了他日常健步的效果。数米高的玉女峰顶，他三下两下就蹿上去了，待我气喘吁吁地攀上峰顶时，见老冒已紧挨着女诗人小雅在拍合影了。我心中悄悄地骂了一句：哈哈，老冒你个见色轻友的家伙，竟然不来扶老夫一把。

站立在玉女峰顶，远望烟波浩渺的大海，心旷神怡。近眺山崖对面那著名的胜景“望海台”，见台崖壁上那“遥镇洪流”四个红色大字，在落日的余晖里闪闪发光。陈武介绍说，传说中这“遥镇洪流”四个大字，有这样一个故事：

在清代康熙三十年，康熙皇帝南游到海州，登上花果山，他看到云台山那镇淮入海的宏大气度，极为赞叹。康熙皇帝在回到京城后，又想起云台仙境时，深感于怀，竟又特地派他的贴身太监回云台山，将他手书的匾额“遥镇洪流”赐给三元宫。从此，这处屹立于碧海之滨的海边仙境，便名闻世间了。

听着陈武先生的“导游词”，再看那“望海台”崖下百丈处密密的山海人家，上空饮烟轻飘、山岚淡锁，远处海面蔚蓝、烟波浩渺，真是一派山海瀛洲人家之仙境气象，看着眼前的仙境，心神竟迷失在这玉女峰上。靠着酒的余劲，我胡诌的几句竟脱口而出：“连云夕照看沧海，遥镇洪流望海台。朝阳江都观古市，忽闻虞水仙人来。”“走，咱们去看看‘齐天大圣’的水帘洞。”是陈武的呼唤声，才把我迷失的心神，从玉女峰上拉了下来。

快速而曲折攀行的步伐，前行二十多分钟后，已身处“水帘洞”外。眼见水帘洞口飞瀑急下，如天垂银帘，忽想起吴承恩的诗“一派白虹起，千寻雪浪飞。海风吹不断，江月照还依。冷气分青嶂，余流润翠微。潺湲名瀑布，真似挂帘帷。”水帘洞那当年的情景，犹如复在眼前。

再看陈武，他像当年的孙悟空一样，冒着巨大的瀑布，勇猛地飞身闯入了水帘洞。一行人随着他，纷纷飞身跃入洞内。洞中暗如夜间，扑朔迷离，曲径处通幽，犹入了五百年前的另一个世界。沿着洞内石阶，在幽暗里逐级抬步，昏暗中摸索前行，迷离中小心拐弯，心怀幽幽地走了许久后，一缕晚霞的余晖，突然出现在眼前，这才发现，我们竟走到了另一个洞口，哈，此刻已身处山的另一边了，终于又回到了现实的世间。我心中不禁叹道：连云的港，花果的山，前两次靠近“水帘洞”，只不过是留下了“到此一游”的记忆。而今日的“水帘洞”

中之探，才算体验了一回美猴王当年的洞中的处境。

## 孔望山下论文道

夜居孔望山下。农历八月十六，正是金桂飘香浓郁的时节。傍晚的夜宴小聚，是李建军先生做东，还是设在“中午接风餐”的农家乐中。夜宴上，听连云港作家诸君争相献宝，闻海州朋友谈瀛洲如家珍：“‘孔望山摩崖造像’是中国最早的佛教摩崖造像，比敦煌石窟的佛教造像早近二百年，属东汉时期的艺术珍品”。“秦代著名方士徐福，在始皇二十八年（前 219 年），于九州岛等地向日本土著民族传播农耕知识和捕鱼、锻冶、制盐等技术，还教给日本人民医疗技术等秦朝先进文化。徐福是日本人的始祖，还被日本百姓尊为‘司农耕神’和‘医药神’呢”。

杨树军更是声嘶力竭地对我喊道：“碧螺兄，请你记住，《西游记》《镜花缘》《儒林外史》三部名著的作者吴承恩、李汝珍、吴敬梓都是我们连云港人。李汝珍十九岁随兄李汝璜来连云港的板浦，居住在板浦场盐保司大使衙门里。如今，板浦他的故居建有李汝珍的纪念馆。还有，现代著名学者、散文家、诗人朱自清也是海州人呢。”

酒席间，海州朋友们争相言谈连云港人文历史，气氛极佳，可谓千杯不够。一席夜宴，说是喝酒，倒不如说是一个连云港作家文人“竞相献宝”的讨论会，连云港的桃林酒喝了不少，海州的人文故事也讲了许多，好似听了一堂海州的历史文化课。“有朋自远方来，不亦乐乎，”借酒助兴，海州作家们的那一股豪风，真是暖了全场。

陈武对我们说，海州的历史文化，光听是记不住的。明天，咱们就去看看云台山街景，踏踏海边风光，如何？

陈武的话，成了我夜间久不入梦的兴奋剂。躺在宾馆的床榻上，幻想着云台山的变化和如今的风姿，幻想着云台山老街如今各种各样可能的模样，好久才渐渐入梦。

半宿失眠，自然起得晚了。一觉醒来，同伴们却不知去向了。与老冒洗涮完毕，一起早餐过后出宾馆，遇见同伴蔡耀国，才知道其他人都去攀“孔望山”了。唉，都怪失眠误事了，失去了一次同上孔望山，领略东汉时期艺术珍品的机会。

## 北固山上唱海情

清晨，呼吸着桂香浓郁中带着些许淡淡海腥味的空气，又开始次日的海州湾探秋。追着陈武快速的步伐，行走于云台山的老街上。数百年的历史，数百年的变迁，那老电影院，老银行的门楼，仍保留着当年残存的油漆，那苍老欲倒的法国梧桐，目睹记录着这些变化的过程。童年时的《西游记》在这儿重拾，这本标价38000元人民币的旧版小说，竟又勾起我儿时的记忆。十三年前，我曾留在云台老街的足迹，无法再觅，而当年初印在心胸的那一种情怀，竟然在瞬间重燃。

行走于山海之间，云台山下，那退潮后的沙滩上，挤满了竞相“捉鱼抓蟹”的女人与小孩。看那遥远的天际，似乎与蔚蓝色海水，紧紧融合成了一体。

沙滩左边斜对面，有一个山头凸立在海湾一隅，山坡下的两个隧道口，车水马龙，驶经海中大堤，向着连岛方向川流不息。陈武前引着我们，穿越过车水马龙的隧道口，率先爬上了山坡。一块不起眼的路标牌，上书“北固山”三字，竖在上山的道路边。突然见到“北固山”几个字，感到异常地好奇。我问陈武：这座山，也叫“北固山”

吗？“是呀，”陈武的回答很肯定。

因为研究黄公望，我曾多次去过镇江长江古道边的北固山，因此对北固山有一种特别的情怀，如今竟然又在海州湾见到了“北固山”，心中产生出一种莫名的感动，这份感动，让我本有些疲软的双腿，顿时产生了上攀的力量。数分钟后，我竟然第一个攀上了山顶。

北固山顶，秋风习习，山石乱叠，杂树横生，挂满鲜红果实的野花椒树，却格外惹眼。不过，我尚不认得，这些挂满鲜红果实的小树，就是野花椒树。站在北固山顶，面向东边眺望，茫茫水际无边无沿，好一派海天一色之景。

老冒及几位美女文友，各具姿态，欣赏着山顶的风光，和大海的景色。“小时候妈妈对我讲，大海就是我故乡，海边出生，海里成长。大海呀，大海，就像妈妈一样……”大概是触景生情了，老冒竟站在崖岩边，动情地唱起歌来。

陈武上山后，第一眼就发现了山崖下挂满鲜红果实的野花椒树，他像花果山的猴子看到了桃子一样，竟然聚精会神地采摘着野花椒果呢。听到老冒的歌声，陈武边摘着野花椒果，也附声唱了起来。一行人竟然一边随老冒唱着歌，一边向山的那边攀去，歌声在这北固山顶随着秋风，飘向海的远方。

在山中险道攀行中的此情此景，让我这个许久没写诗的人顿时感怀起来，一串词句突然从胸中泻出，竟忍不住朗诵起来：“江苏一省双北固，镇江连云各长鲸。望海旧亭环水道，看江新阁锁烟瀛。陈武崖下寻椒急，皇甫岩边唱海轻。我叹黄洋寻圣路，他言东水一帆情。”陈武听了我朗诵的诗，竟拍膝叫道：“好诗，浦兄真是好诗哎！”

带着诗兴，伴随着一路歌声笑语，一行人再次翻越北固山。回程的山坡上，正感叹着这大自然，赐给人类的这份美丽，忽听得陈武口中念念有词："东海龙王自有来处，'初三潮，十八水，二十两边鬼一鬼'。"恰巧，有一位采海归来的海嫂，与我们相遇，她听了陈武先生的话，竟插嘴说道"是呀，'初三潮，十八水，二十两边鬼一鬼，'这是海州渔家们世世代代相传的敬潮心得。"是啊，千百年来，勤劳的海州渔家百姓们，为海州湾这个当初的渔家码头，贡献了多少智慧和力量呢。

晚餐，设在农家饭店。亦喜欢这样形式的晚宴，更接地气。满桌的海鲜菜肴，俱佳的色香味极诱人口水。尽管酒还未过三巡，但围绕而坐的诗人作家们，好像早已忘了坐在此处的任务了。连云港作家协会的蔡骥鸣主席，是个诗人。诗人的情怀，比其他写作人，总是激情和豪放得许多。得知虞城来客明早将要返程离开海州了，蔡骥鸣热情地朗读了自己的诗作，表示对虞城来客的欢送。蔡先生的朗读，一下激发了满桌人的表演欲望，十余人开始竞相献艺，你诗我吟，摇头摆脑，直闹得云里雾里，山海欲倾。此刻，无论海州主人，或是虞城来客，早把日常那些文质彬彬的形象，抛一边去了。此刻，那些与海州有关的人文故事，那些与作家诗人的笑话段子，成了眼下最佳助醉剂。

连云港之行，将近尾声。想起陈武先生唱的"初三潮，十八水，二十两边鬼一鬼"那句海州百姓俗语，我寻思，虽然今天才农历十七，如果东海龙王知道，今晚云台山的下农家饭店里，有这般热闹的场面，恐怕也会提前来"鬼一鬼"了。

2017 年 11 月 25 日

# 一盏清茗酬知音

习惯了独自一人在小山幽处陋室中，静静地读书、写作。近日天气阴霾，旧伤疼痛发作，浑身无力，让我几乎无法继续。突然接到一个陌生电话，我问：您是哪位朋友，有事吗？

想不到是快递员打来的，他答：我是送快递的，有你一份快递，是从江西邮来的。我瞬间纳闷，心中很快地寻思：江西，究竟是哪位朋友给我寄了什么呢？几分钟后，一个青年快递员来到陋室中，递上一个绿色纸箱。签收后细看地址，是来自景德镇。

心存疑惑中小心翼翼打开邮件，展示在我眼前的，竟然是一箱出厂才三天的特级“得雨活茶”。箱中除了两个包装精美的四大盒国宴茶外，还有一张刘浩元先生的名片。突然间收到刘浩元先生从景德镇快递来的“得雨活茶”，非常感到意外，真是有点不知所措。激动中，看了一下台历，今天是二〇一七年十二月三日。

一

“得雨活茶”，是江西德宇集团董事长刘浩元先生创研的茶中珍品。不过，刘浩元先生不仅是创业辉煌的江西德宇集团的董事长，还是常熟在外的游子。他把此茶称作“思乡茶”。“茶短乡情长，月明故意新。”把“得雨活茶”称作“思乡茶”，这是刘浩元先生胸怀一腔乡思、乡情、乡愁情感的集中体现。

对于“得雨活茶”，因其茶名远播，我早有耳闻，并在许多场合多次品尝过。“得雨活茶”为野山绿茶，生长于江西山区平均海拔四百至八百米以上的深山峻岭，山上常年云雾缭绕，吸采天地之精华，是以生物保鲜技术研产的无污染高山有机绿茶。

初识刘浩元先生，记得那是在十多年前（忘了具体是哪一年了）。这年，刘浩元先生研发生产的“得雨活茶”，在家乡常熟方塔公园外广场处，开设了一个销售店，推出“得雨活茶”。有位也在文化系统工作的同事朋友，把不知从哪儿搞到了一份“得雨活茶”礼品茶券，赠给了我。朋友还告诉我：刘浩元先生是常熟人，他生活坎坷，在江西打拼，研发生产的这“得雨活茶”，和你常喝的碧螺春差不多，也是茶中极品。你喜欢喝茶，我就把这份茶券送给你吧。

常熟人爱喝茶，已成为生活的习惯，每逢双休或节假日，虞山脚下各处农家茶苑内，几乎家家座无虚席。我是一个喜欢读书写作的人，又是一个酷爱喝茶的人。因为爱茶，又特别爱虞山的碧螺春茶，所以为自己取笔名为“碧螺”，还取个网名为“碧螺如诗”。

喜得“得雨活茶”礼品茶券次日，我正好到文化馆办事，办完事就到了销售店，兴冲冲地把礼品茶券，递给柜台内一位年轻的女营业员。那位女营业员，接过礼品茶券，转身取了一份小袋装“得雨活茶”交给了我，并向我热情地介绍着“得雨活茶”的品性和冲泡方式。

在销售店内靠西墙处，坐着几位客人正在聊天。其中一位中等身材的先生，见到那女营业员向我介绍着“得雨活茶”，竟来到我身旁。

这位先生微笑着向我问道：“先生喜欢喝茶，您是哪里人。”我转身答道：“嗯，喜欢。我本地的，大墅桥人。”先生微笑着道：“哦，大墅桥是好地方。我们这个‘得雨活茶’，是最新研发的野生茶种，希望您能喜欢喝它。”柜台内，年轻的女营业员插话向我介绍说：“先生，这位就是我们的刘总，刘董事长。”听了女营业员的话，当即让我一愣。我这才认真打量着眼前这位有着传奇色彩的人：中等的身材，精瘦的脸庞，普通的西装，和蔼微笑的容貌。眼前所见这位先生的形象，无论如何都与我所想象中的知名企业家，是划不起等号来的。我惊讶地说：“啊，您就是刘董事长？”“对，我就是刘浩元，您好。”刘浩元先生说话的同时，微笑着向我伸出右手。我匆忙放下手中拿着的茶包，伸出双手握住先生的手，说道：“久仰先生的大名，我很敬佩先生，喜欢您的得雨活茶，谢谢您。”刘浩元先生放开我的手说：“不客气，希望家乡人都能喜欢得雨活茶。希望先生来景德镇看看。”“谢谢，谢谢您，有机会一定会去讨扰您的。”

因为心中惦念着单位工作，我躬身拎起地上的茶包，向刘浩元先生和女营业员挥手道别。从远处回头看店内，刘浩元仍站在店门边目送着我渐渐远去。

刘浩元，身为一个企业集团的董事长，能主动与一个陌生顾客热情地攀谈。从此，他在我心中留下很好的印象。一晃，十多年过去了。这十多年间，却未得机会再见到过刘浩元先生。但是这十多年间，对于德宇集团，对于刘浩元先生的事迹的传闻，却从来没间断过。

## 二

对刘浩元先生的了解，是在常熟作家圈经常的交流中，逐渐增加的。在近十多年来的多次文学活动之余，常常会在文友们的闲聊中谈到他。

刘浩元先生是常熟人，在六十年代后期至七十年代初那些岁月中，年轻的刘浩元曾饱受煎熬和坎坷。一九七二年，才二十七岁的刘浩元，一个人千里迢迢出走到了江西，谋求生活和发展。初到江西时，人地生疏，生活艰难。但刘浩元先生决心通过自己的努力与拼搏，在江西开创出自己的一番事业。但是，他这种自谋出路的行为，在当时的形势和环境，被认为是一种离经叛道的“自由主义”行为。当刘浩元回家乡办理相关手续的时候，他被强加予许多莫须有的罪名，继而被判刑。一九七九年以后，国家开始拨乱反正，刘浩元才迎来了他人生中新的春天。凭着自己的智慧和胆识，凭着他的钻研和勤奋，凭着他心中的炽热和勇气，他终于在景德镇扎下了根。

在江西景德镇奋斗的几十年岁月中，刘浩元曾担任过景德镇下辖县的农办主任，当过景德镇市农科所养鸡场饲养员，担任过景德镇市种禽场场长。刘浩元一九九三年开始成功研产“得雨活茶”，在一九九四年开始创办江西德宇集团公司，公司从一九九七年研创开发“景德板鸡”，一九九七年，刘浩元先生因发明了人称“茶叶保鲜史上一次革命”的技术“生物法保鲜茶叶技术”，而荣获国家技术发明奖，由此“得雨活茶”成为“人民大会堂国宴茶”的荣誉。

刘浩元胸怀一腔乡思、乡愁的家乡情感，在江西打拼四十多年，创下了无数的荣誉和辉煌。他曾担任过江西景德镇市农科所所长，景德镇市政协副主席，全国人大代表，全国先进工作者，全国劳动模范，被誉为“中国食品工业二十年二十大杰出企业家”，是享受国务院特殊津贴茶叶专家。他的二十多项科技成果，分别获得过“国家技术发明奖”“国家发明专利”等国家级、省级的奖励，是景德镇市专业技术拔尖人才。

归结文友们在闲聊中对刘浩元先生的议论，还是围绕其在文学创作上的成就。因为刘浩元不仅仅是一个常熟在外游子在创业成功中创造了辉煌，他还在文学的道路上取得了很大的成就。我感觉，究其内心的动力源，是因为刘浩元心中那份浓郁、炽热的乡思、乡情、乡愁情感，始终在起着作用，始终鼓舞着他在人生的道路上奋勇前行。“光阴给我们经验，求知给我们力量。”这就他常说的一句话，也是他对待人生中坎坷经历的态度。

他认为，人的生命是有限的，而不能屈服于环境的安排，人的一生不可以低头度过，人的一生不可能平凡而活，只有找准自己的位置，善于学习，善于进取，才有可能实现自己的理想。

“时空因尘埃而阴霾，世界有磊落而光明。人的一生会有许多的无奈，甚至身不由己。但我们必须明白，一茬茬的生命，在你往我来，其实都是悬浮在宇宙间微不足道的一粒粒浮尘。”这是刘浩元在他的长篇小说《浮尘》中写的一段话。在他的这些文字里，我深切感受到浩元在为社会做贡献、为社会捧献聪明才智的同时，心中却有着对禅意人生的切身体会，有着对人生里功名利禄的不屑和看淡。虽然对人生功名利禄如此看淡，虽然刘浩元离开故土四十多年，但是随着时间的推进，他心中对家乡故土的思念之情，却越来越浓烈。他把这份浓烈的“乡思、乡情、乡愁”之情，都融入他的文字中，融入他的文学写作中。二十多年来，他在繁忙的企业科研生产、创新发展工作之余，始终把心归隐于文学的故园，用他所喜欢的方式，记载着他人生的足迹和体会，诉说着他禅意人生的境界。用人生的足迹，书写着迈向文学殿堂的心历。

## 三

刘浩元自幼喜爱读书和文学写作，他把业余文学写作，当作心灵自我交流的港湾。在江西景德镇这数十年中，在繁忙工作之余，他把这个港湾，当作温馨无比的最佳去处。因此他数十年孜孜不倦，伏案习笔。于是，一篇篇倾情而精美的散文，如清澈的山泉一般，在他笔下源源流淌，有“同舟共济”“月落乌啼”“往事如梦”“难以忘怀”的情怀，有“初五的小雨”“风雨鄱阳湖”和“泥土的芬芳”之香，有“参天的大树”“泪洒千丈峰”“零落成泥香如故”“无法悲伤的悲伤”，更有“母亲的坦然”“心灵的宁静”“杯子里的春天”和“浓浓的乡情”的思念。就是这样，刘浩元在不断创造企业集团许多辉煌业绩的同时，又不断创作出让我辈无限赞叹的文学成就。至今，他先后写作和出版散文集《随风而逝》《月落乌啼》等多部，写作和出版长篇小说《潮起潮落》《隐居》《沉沦》《沉吟》《浮台》《守望》等共十六部，总撰写文字有六百多万。二〇〇四年，刘浩元被江西省的作家们推选担任江西散文学会副会长，二〇一六年刘浩元成为中国作家协会会员。

二〇一七年九月二十二日，这天是个晴朗的好日子。下午二时，由常熟市委宣传部和常熟市文联，常熟市作家协会主办和承办的“刘浩元作品研讨会”，在刘浩元的家乡常熟森林大酒店报告厅隆重举行。

因为也受到邀请，并知道连云港作家陈武先生下榻在森林大酒店二楼的客房。我便在一点前，就提前赶到了森林大酒店，利用会前空隙，拜会了陈武先生。在陈武先生闲聊了半个多小时后，我俩便起身前往报告厅。我率先前行，在电梯口，突然遇见了一位中等身高，身材精瘦，神采奕奕的先生。这位先生非常礼貌地让我先进电梯，我却还以礼貌地让他先进电梯。在尴尬中，我看着眼前这位先生既熟悉又陌生的面孔，脑海中急速寻找着眼前这位先生曾留在心中的印象，终于想起眼前这位先生，应该就是今天研讨会的主角，我十多年没见的刘浩元先生，我脱口而出："您是刘总，您……"。身后，陈武先生关了客房门后，随后赶到，他打断了我的话，介绍说："浦兄，这位就是刘总刘浩元先生，刘总，这位是黄公望研究专家浦仲诚先生。"此刻，又电梯上来了，我和刘浩元紧握着手，和陈武三人同时进了电梯。在电梯中，我与刘浩元互换了联系方式，并告诉陈武先生，我与刘浩元先生早就认识了，只是十多年不见，容貌略改，朋友间竟一下子不敢相认了。哈哈。

说话间，已到了会场。应邀出席"刘浩元作品研讨会"的有中国作家网的副主编马季,《钟山》杂志主编贾梦玮，苏州作协副主席丁晓原，著名作家朱文颖，著名作家陈武，以及常熟作家俞小红、王晓明、潘吉、浦君芝等三十多名作家。许多专家、作家对刘浩元的文学成就作了很高的评价。特别是刘浩元的自述发言，犹如让我闻听了一堂震人心魄的人生教育课。

## 四

"此生风急浪高，饮恨短路长桥，不是命苦人。莫道此生虚度，可否，可否，只问人生尽头。"这首《如梦令》，大概是刘浩元年轻时经历坎坷后写的一曲词，也可能是他面对父亲对他今后人生充满担忧时，他向父亲表示出不屈不挠意志的人生态度。在刘浩元的长篇小说《浮尘》中，我反复读了这首《如梦令》，心中不禁对刘浩元当年在饱受辛酸和打击的情况下，居然还有如此奋斗志向和胸襟而敬佩。

从他的许多作品中可以读出，刘浩元不但是一位有高道德、高觉悟、高智慧的人，还是一位率真的性情中人。尽管经历过那些岁月中不公正的坎坷和磨难，但刘浩元始终坚守着胸怀中那颗爱党、爱国、爱事业、爱家乡的心，始终坚守心中那块纯洁的净地。

“欢乐容易忘记，痛苦却能刻骨铭心，……”“回忆痛苦，也许不是件轻松愉快的事，但我懂得如果不放下痛苦，那才是真正的沉重。”这便是他对待过去那些强加予自己许多“不公正”所持有的心态。但是他还认为，放下并不等于忘记，放下是为了更好的前行。“无论何人对往事都不能搪塞，否则不仅不负责任，更可能还是一种欺骗，因为忘记历史就如忘本。忘本就是道德的缺失，如果缺失道德，那么连灵魂也没有了。没有灵魂是会被人不齿的……”所以，刘浩元心中一直坚守着那块道德的高地。

刘浩元曾说，“大千世界，生命都在随风而逝，但不同的生命历程却各有悲欢。”他认为，回想那个年代，虽然委实令人毛骨悚然，但我们必须区分在那个年代共产党的功绩与罪恶元凶坏人的无耻，尊重历史，不能把烂账缠在拯救了中国的共产党的身上。要把政治的错误与人性的扭曲区别开来。正是有这样一份高度觉悟，让刘浩元先生在获得新生后的数十年中，活得很自然，活得很轻松，活得很辉煌。

读刘浩元著作的同时，发现他还非常喜爱古体诗词。许多体裁如《贺新郎》《浪淘沙》《清平乐·问秋》《惜黄花慢·血鹃》《洞仙歌·叹鹃》《安公子·相思》《玉楼春·思亲》《媚儿眼·秋风》《踏莎行·看梅岭》《如梦令·汪湖有感》《水龙吟·攀瑶里千阶》《满庭芳·絮语》等等，这些满怀乡思、乡情、乡愁情感的诗词作品，在他的散文小说著作中，随处可见，体现了他对古代文学深厚的学养和修养。

我还发现他非常喜爱研究历史文化，对历史人物也颇有研究，“戚欣从妄起，心寂合自然。当识太虚体，心随形影迁。”这是一首元代画家倪瓒的诗。倪瓒又称倪云林，是黄公望的忘年好友，“无生”，是倪云林山水追求的大境界，他作画时，善用一片空灵，创造出一个不为物所迁的境界，可谓禅心之极。在刘浩元的著作里，能读到其引用倪云林的诗，来表达刘浩元宽广的胸怀，实在是使我非常敬佩的。

汇集阅读刘浩元的著作，体会到他所有文字中，到处都充满着对家乡的山水，对故乡思念的缕缕情结。古人有以物寄怀之习，“茶短乡情长，月明故意新。”我想，之所以刘浩元要把自己研制的“得雨活茶”命名为“思乡茶”，这的确是刘浩元把胸怀的一腔“乡思、乡情、乡愁”之情，以这“思乡茶”，来寄托对故乡之深厚情感。

他在《随风而逝》这本散文集的篇章里，曾这样写道：“……出差时顺道在故乡常熟住了三天，每天的早上都在方桥头的小店吃汤圆、馄饨，感觉好似当年祖母陪着的情景。小店时坐台见到我就说‘你又回来啦’…… 看着路人匆匆的故乡早市，那种浓浓的乡情、乡音，最让人想起旧时的岁月。”读罢这段文字，让我热泪盈眶，我深切体会到了，刘浩元在远离故乡这四十六年来的乡思和情怀。

“半壁山房待月明，一盏清茗酬知音。待到春风二三月，石炉敲火试茶新。”因为“得雨活茶”，因为文学，让我结识了这位文坛奇才兼企业家刘浩元为朋友。日渐冬寒，文将收尾。在有年的阳春三月，在虞山脚下，希望能与刘浩元一起泡上一杯上好的“得雨活新茶”，好好叙叙这份乡思的情怀和文学的话题。

2017 年 12 月 10 日于虞山脚下

# 《寒窗孤梦》引感怀

谈到阅读，谈到写作，谈到我市年轻作家高淳，我常常会联想到作家张海迪。

2019 年 4 月上旬的某一天，我的一位老朋友——我市作家高淳的父亲高耀兴先生，突然又到访我的工作室。他专程给我送来了他儿子高淳最新出版的散文集《寒窗孤梦》。看到这部沉甸甸散文集《寒窗孤梦》，使我再一次让我想起八十年代时期，我们年轻人无比崇敬和崇拜的人物张海迪。

一

张海迪是山东人，五岁时因患少儿脊髓血管瘤，导致高位截瘫。在残酷的命运挑战面前，张海迪没有沉沦，也没有沮丧。她以顽强的毅力与疾病做斗争，自学了大学英语、日语、德语，并攻读了大学和硕士研究生的课程。

1983 年，张海迪刚 30 岁。她开始从事文学创作，她以顽强的毅力克服着病痛，精益求精地进行着创作，执着地为文学而战。当年，她的散文《是颗流星，就要把光留给人间》，发表在《中国青年报》。此后，她还先后翻译了《海边诊所》《丽贝卡在新学校》《小米勒旅行记》《莫多克——一头大象的真实故事》等数十万字的英语小说，出版了长篇小说《轮椅上的梦》《绝顶》。散文集《鸿雁快快飞》《向天空敞开的窗口》《生命的追问》。其中《轮椅上的梦》在日本和韩国出版，而《生命的追问》出版不到半年，重印四次，获得了全国"五个一工程"图书奖。在《生命的追问》之前，全国"五个一工程"这个奖项，还从没颁发给散文作品。张海迪怀着"活着就要做个对社会有益的人"的信念，以保尔为榜样，勇于把自己的光和热献给人民。她以自己的言行，回答了亿万青年非常关心的人生观、价值观问题。从此张海迪闻名中华大地。让当时同龄的我，产生无比的崇敬。

让我回过头来说说高淳。为了儿子喜爱的文学事业，高耀兴先生曾多次到过我的工作室，多次代儿子送书上门。我们间，除了喝茶，聊天，也一起聊过过张海迪，聊过家庭，聊他的儿子高淳。

因为缘于高淳，而让我先于高淳认识了高耀兴先生。因为同属虞山镇人，我与高耀兴先生也可称得上是同事，但以前却交往不深。初见高耀兴先生，是 2005 年那年。这天，在常熟美术馆会议室，高耀兴先生代替儿子，参加高淳加入常熟市作家协会的那次会议。此后，为了高淳的写作方面的事，才有了后来我多次去过他的办公室，和与他的许多交往。高耀兴是一个非常淳朴的人，他们夫妇俩三十多年来对身患残疾之躯的儿子，所倾注的爱，让我无比崇敬和感动。

高淳十九岁时开始文学写作。十七年来，他先后写出了 150 多万字的长篇小说《风逝》，75.5 万字的长篇小说《生死时代之双雄》，还有短篇小说集《夜雨十年灯》，和这本 36 万字的散文集《寒窗孤梦》，并且还在报纸杂志上大量发表他的作品，总出版发表逾 350 多万字。从这个角度而言，我认为作为残疾人作家高淳，比起当年的张海迪并不逊色。高淳有今天的成就，除了高淳自身的奋发自强和笔耕不辍，其中有一份功劳，当还当归于高耀兴夫妇俩。

## 二

《寒窗孤梦》是一部36万字的散文集。翻开带着新墨之香的著作，映入眼帘的首先是高淳那篇千余文字的自序。读毕，《自序》已经让我深深感动和沉思。

高淳在卷首的散文《寒窗孤梦》，近九万字，二十五个篇章，是一个大散文。全文起首，用唐代诗人李白的名词《蜀道难》为引，娓娓讲述了他的父母，他的家庭，他身患的病痛，他父母对他的大爱，以及高淳作为儿子与对父母、对社会、对命运和前途的回报、思考和奋起。

“眼泪，改变不了任何事情。好比‘空想共产主义，不如实干社会主义’。”“这个世上有许多事情是令人难以接受过的。但是，只要是事实，就只能接受，否则，便是自欺欺人。”这就是高淳对待自己疾病的态度，这也是高淳借以文学的力量，拖着沉重的病体在文学道路上不断奋进、不断前行、不断创造惊人成就的态度和力量所在。

“我们一家三口，作为一个命运共同体，在充满悲剧意味的人生道路上举步维艰地生存着，前行中。”这是高耀兴先生在我工作室聊天时，他与我说过的一句话。然而，我又在高淳这本散文集《寒窗孤梦》篇中第五章中见到了同样的文字。可见，高淳一家在以家庭集体团结的力量，与病魔抗争的英勇态度和精神。

我想，高淳或许是读过《中国通史》的，或者读过《春秋史话》。

在他这本散文集中，那篇 2 万多字的散文《吴越风云漫谈》，便是证据。读历史，会增长许多知识，会产生许多思考。

高淳说："生于困境，忧患焚心，若不自强，更有何路？"真像他文章中对我们国家改革开放中所走过的艰难曲折之路所体会到的"中国特色的社会主义，是时间磨砺的结果。"

"讷于言而敏于行，听其言而观其行。""天道酬勤。"这些名言，是高耀兴夫妇从小教育高淳的座右铭。让后来成为作家的高淳，不仅热爱生活，热爱文学，也热爱祖国，热爱社会，关心社会，关注政治，有一个正确的人生观和价值观。并且，不单纯仅仅为了消磨时光而写作，心中始终不忘，作为一个青年作家笔下所承担的社会责任。

像我们许多文学爱好者一样，高淳少年时就读过许多古典文学，如《三国演义》《东周列国》《孙子兵法》《红楼梦》等，更读过许多苏联小说，如《牛虻》《卓娅和舒拉》《钢铁是怎样炼成的》等等。我想，同样作为一个残疾人作家，高淳一定是读懂了《钢铁是怎样炼成的》(著作中主人公保尔·柯察金)这部苏联著名小说的作者尼古拉·阿耶克塞耶维奇·奥斯特洛夫斯基的(简称：奥斯特洛夫斯基，苏联无产阶级革命作家，出生于乌克兰一个普通工人家庭，12 岁开始劳动生涯，15 岁加入共青团，参加过保卫苏维埃政权的国内战争。1920 年因伤重转业，投入到经济建设的潮流之中，先后负责过团与党的下、中层领导工作，是苏维埃"优秀的共产主义战士"。在伤病复发导致身体瘫痪、双目失明后，他走上了文学创作的道路，1935 年获得国家最高荣誉——列宁勋章。1936 年逝世。最著名的作品为《钢铁是怎样炼成的》)。一定是读懂了当代著名作家张海迪的。

## 三

因为缘于虞山文学协会，缘于《虞山文艺》这本杂志，我与高淳保持交流十多年。打开十多年来电脑中的来稿档案记录，他一万多字的小说《石佛珠》《小镇旧事》《深冬》等，五千多字的散文《碎忆三章》《“生死时代之双雄”创作谈》等，七百多字的长诗《东方伟业》等等，均体现了高淳那创作的努力和功力。正如他说那样“我的文学写作之船，正是我扬起生命风帆的地方。”由此我认为，高淳不但是一个作家，还是一个年轻的思想家。他懂得抛弃唯心主义，也懂得接受佛家“仁意、善念”。他学过道家思想，明白道家的哲学理念。他研究儒家的文化思想，让自身罢弃许多缠身烦恼。他更坚信马克思主义，学习中国共产党党史，读后感觉“激昂饱满”。他心中，对从小学到的“修身，齐家，治国，平天下”的理解，升华到感性的层面上。不信，我们可以仔细读一读高淳《寒窗孤梦》这篇近九万字，或许你会同意我对高淳老师的这些评价，或许你会体会到高淳老师的不易和艰难，或许你会体会到高淳老师一家对这个社会所奉献的正能量。

“人的生命只有一次，我不想虚度年华……”，这是高淳的人生观，价值观。高淳身虽残，但志却坚，正如他自己说的“我始终坚信，只要我还有头脑，只要我还有斗志，强加于我的那个命运的铁环，一定会被我砸得粉碎。”

我比高淳的年龄长三十岁。交谈时常也这样习惯性地称高淳为小高老师，高淳不同意。我说，人各有所长，在许多某些方面，你身上有许多东西，是我应该向您学习的，事实就是这样。甚至包括我在内的我们作家朋友圈中，有许多人远没有达到高淳这份人生境界，没有达到高淳对文学这份写作责任的理解。

## 四

高淳心中的爱。恐怕，我这篇三千多字的文章，是无法诠释高淳深藏心中全部之爱的。高淳的许多文字中，体现了他心中无限的爱，既是绵绵细流的爱，又是波澜壮阔的爱。

高淳热爱党，热爱祖国，热爱社会，热爱生活，热爱文学，热爱家庭，热爱朋友。

尤其是，热爱他的父母。“父母之恩，润物无声”，这是高淳心中对父母之爱的体会，也是他写给父母亲信的标题，虽千余文字，恰似一份用心血写成的家书。读来让人震撼。

高淳把对他全部的爱归并为：对文字的写作和对文学的追求，归并为对父母的祝愿，归并为对世上每一个人、每一个家庭的祝愿，字字句句，深深感动着我。并且我常常以高淳的故事，作为教育我子女和孙女的事迹。

为此，我衷心地祝贺高淳这部散文集的出版，衷心地感谢高淳，衷心地感谢高耀兴先生，衷心地祝福高淳全家平安。祝福高淳身心愉悦，创作出更好的作品。

2019 年 4 月 23 日（阅读节）于隐梅斋

# 笔下行走有思考

历史文化名城常熟，文化底蕴深厚，自古以来，虞山诗派、虞山琴派、虞山画派等各派文化名人辈出，各类文化艺术名史料、名著作，可谓成千上万,千古流芳。它们熏陶、影响和激励着一代又一代的常熟人。

一

作为常熟人的后代，身为常熟后代的文化人，身为常熟后代的文字写作者，数十年来，我们享受着虞山、尚湖风调雨顺的滋养，在钟灵毓秀的虞山下享受生活，在碧波荡漾的尚湖畔，享受着先辈们留下的无穷文化遗产的熏陶和影响。在看着、并投身于当代常熟城市、经济、文化的建设和发展过程中，常常会产生无限的思绪，和许多笔下行走的思考。

文字，是记录历史，记录发展，记录生活，记录乡愁，记录情感的工具。

著作，是记载、昭示和发现历史的潜入口。著作，又是记载总结历史和发展中、生活中、点点滴滴和乡愁故事的载体。它让我们了解历史过程，发现历史真相。 它让我们从中广受教益，记住乡愁。它让我们明白，自己的来自何处，从容走向光明的未来。

高尔基说过：书籍是人类进步的阶梯。莎士比亚也说：书籍是人类知识的总统。托尔斯泰也说：理想的书籍是智慧的钥匙。

身为常熟的市民和作家，我们自小处在这样一个历史文化名城，有着得天独厚的历史资源熏陶和精神享受，我们应该首先要做一个积极的发现者、努力的阅读者，和对常熟历史文化研究的探索者，然后才可能成为一个新时代中国特色社会主义文化合格的实践者、创作者和作家。

作为作家，其本质和任务，不应该仅仅是一个社会性的虚称。而应该主动担负起阅读和研究历史、阅读和研究社会、阅读和研究生活的践行者，心中存有爱国情怀，心中存有社会责任感，心中存有慈爱的怜悯心，才可能写出讴歌时代、有益于社会进步、无愧于心的作品和著作。

我们作家有一个庞大的社会群体，分布于各行各业，许多作家牢记使命感、责任感，每年都会写出许多讴歌社会发展，抨击社会丑恶低俗，反映工作生活、呼吁慈善爱心、记录乡情乡愁的文史、小说、散文、诗歌等好文章。许多作家每年都会出版数部、甚至数十部总结、记载历史发展和生活中点点滴滴及乡愁故事的著作，这个可喜的现象，得益于国家经济平稳发展和社会安定的环境，得益于受中华民族伟大复兴中国梦的鼓舞，得益于受常熟深厚历史文化的熏陶，得益于受常熟良好的社会人文环境。因此，作为今天的常熟作者、作家，是无比幸福的。

## 二

读书和写作，也是一种享受。生活中、工作中有书的陪伴，有情感的抒发，我们就不会觉得孤单，生活会觉得阳光明媚并与众不同。伏尔泰说过：“当我们第一遍读一本好书的时候，我们仿佛觉得找到了一个朋友。当我们再一次读这本好书的时候，仿佛又和老朋友重逢”。所以，我们应该多读书，读好书，这样我们才会受益终身，写出更好的作品。

我们因为阅读，才有智慧的增长。因为写作，才可以在不断探索的历程中，得以了解到了更多的知识，写出更好的作品。“身不饥寒，天未曾负我，学无长进，我何以对天。”我们生活在这个没有硝烟战火的和平年代里，还有书可读，有感想可以写，这样的生活是美好的。因此，我们要更加努力地充实自己，用中国特色社会主义先进文化、知识，来武装我们的思想，让我们变得更真实起来，让我们变得更强大起来，让我们的文字作品，使更多的人喜欢阅读，为我们国家的强大，为我们常熟文化事业的发展，而多做贡献。

作为作家，读书学习，是一个自我充实、自我提高专业水平之路，没有其他捷径可走。因此，继续培养优良的读书学习、研究习惯，是自我提高修养和写作能力的一个重要过程，也是成为一个合格作家的个人文化修养和精神素养之必需过程。向优秀的历史文化先辈们学习，有正确的人生观，价值观，才能写出人民、百姓喜欢的好作品和好著作。

养成阅读的习惯，是一个漫长的过程，而且这个养成习惯，也因此而能陪伴我们一生。让书与我们同行，我们将拥有着无尽财富，我们只有通过自己不断地阅读，才能发现书中的宝藏，生活将会更幸福与精彩。只有积极不断地阅读、创作，才能创造出优秀的作品。我们呼吁无论是儿童，还是年轻人、成年人、老年人，请大家都加入读书行列中吧。有书的陪伴，我们的生活，将会更有意义。会创作，而且能写出著作的人，生活将更加丰富而多彩。

——写于“常熟作家图书展”开幕之际。

2019 年 10 月 27 日于隐梅斋

# 第三章

# 人间史话多传奇，物是人已非

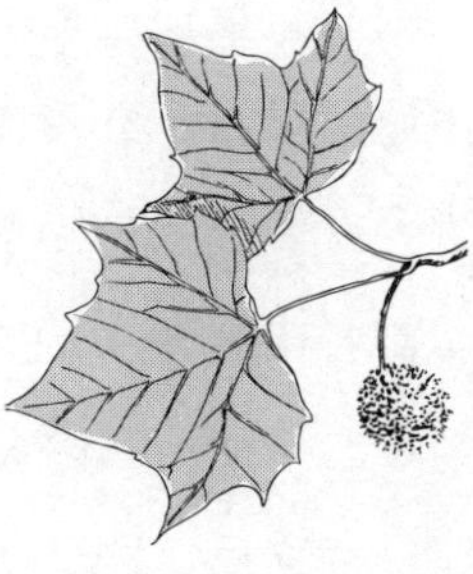

# 初春陪阿乐探虞山

仲春时节，春梅刚开始绽放，花香缕缕。二月二十日晚已近十点，突接浙江作家、富阳黄公望研究专家蒋金乐先生发来微信，他说，明天要来常熟拜访我，再次考察下常熟的黄公望文化。阿乐说，此次来常熟是一次私访。其实也是去年六月，我应邀去富阳参加黄公望纪念活动时，我和他预约的。

因为黄公望，我与蒋金乐先生，神交于二〇一〇年十月前。那年三月，国家发生了一件大事：十四日，国务院总理温家宝就黄公望的《富春山居图》发表了重要讲话。总理的讲话，引起了全国民众的极大关注，也引发了全国文化界的轰动。因此，我便邀请了我市文史专家钱文辉、市文联副主席陶玉霖、市作协主席俞小红等专家学者，策划举办了“家乡人民话说黄公望”大型访谈活动，畅谈对黄公望的研究。

富阳与常熟一样，作为黄公望《富春山居图》的原创地，自然也关注着与黄公望相关的故事。我因为致心于研究黄公望，故特别关注富春江、富春山。因此，我在温总理讲话之后，即已知道富阳有蒋金乐其人。蒋金乐是浙江作家，也在研究着黄公望。在研究过程中，蒋金乐在报刊和网上，发现了我曾发表于“温家宝总理发表讲话”以前的一些关于对黄公望研究的文章。他便想方设法要找到我。我俩之间的神交，便由此开始。

## 二

大约当年九月的一天下午，蒋金乐与富阳市黄公望研究会一行数人，突然来到我的办公室。我这是第一次正式认识蒋金乐。蒋金乐是当地知名作家，据说，他的朋友都叫他为“阿乐”。从此，我私下便也称蒋金乐先生为“阿乐”，或称“乐兄”。从此后的八年来，虞山，富春山两地黄公望的研究者，称兄道弟，交流互访，来往不断。

二〇一七年二月二十一日上午，我在市石梅广场图书馆门外东侧，迎接到了穿一身唐装，且风尘仆仆的阿乐。接待阿乐的地点，选在市图书馆。图书馆，也是陪阿乐常熟之行的第一站。

在图书馆接待室，我介绍阿乐与时任图书馆馆长、兼常熟黄公望文化研究会副会长的李烨相识。在图书馆交谈之中，两人倍感亲切，甚觉相识恨晚。阿乐相约，要再度相会在富阳。

带阿乐走的第二站，是位于尚湖的望虞台。望虞台，是常熟市黄公望文化研究会的研究基地。望虞台的老总（黄公望文化研究会荣誉会长、研究会基地主任）苏锡明先生热情接待了我们一行。我向阿乐介绍，尚湖就是黄公望当年“把酒看山”的地方。在望虞台上遥望虞山，是一幅自然、现实版的“富春山居图”。阿乐当即拿着手机，面对现实版的“富春山居图”，处于连连拍摄的状态中。面对如此美景，他此刻心中是怎么想的，只有他自己知道。不过，我看得出，阿乐对眼前这幅现实版的“富春山居图”，是有所切情的，也是有所感想的。

离开尚湖望虞台，准备去黄公望纪念馆。到黄公望纪念馆，必取南山之道，经柳如是墓和钱谦益墓。阿乐说，作为作家，拜谒柳如是墓和钱谦益墓，是必需的。去的途中，我告诉阿乐说：“我写过一篇叫《如是墓前无空寂》的文章。文章中说，柳如是墓，虽是孤坟一座，却是从来不乏拜谒之人，在她坟头，鲜花不绝，非钱谦益墓可比。”阿乐听后诧然，不太相信。待到坟头一看，果然如此。阿乐才悟言道：“人的一生，决不能变节和失信的，否则……”

到常熟考察黄公望文化，黄公望纪念馆是必到之所。可惜的是，黄公望纪念馆的简陋之状，常令参观者唏嘘不已。在黄公望纪念馆参观，小憩时阿乐与我的交流，尚未涉及这个让我常感窘迫的话题。对大痴公的崇敬，阿乐与我一样虔诚。

参观过黄公望纪念馆，才到我的“隐梅斋”工作室。我与潘吉一起陪着阿乐仔细研读我那些珍贵的古籍和善本史料。讨论、争辩，自然是学者间交流的必然。

阿乐对常熟史料中对黄公望的记载，阅读得非常仔细，也很有感触。时间过得很快，我和潘吉与周剑峰等一起，陪阿乐说着黄公望，竟差点忘了吃夜饭，这情形可谓“投心如痴”。

## 二

次日早上，我对阿乐说：“今天，是你虞山之行中，重要的第三站。”阿乐听后，疑惑地看着我。我说：“要陪你去东方红木公司考察，欣赏他们的巨作《红木版富春山居·合璧图》。”阿乐听了很高兴。

从“隐梅斋”到东方红木有限公司，大约有二十多分钟的车程。总经理姚向东先生很早就候在他的办公室了。见到客人，姚向东先生非常热情地接待。宾主稍坐片刻后，姚向东便亲自引导阿乐，参观了他的家具艺术馆，热情介绍各类古式红木产品。然后，姚向东带客人上了三楼《红木版富春山居·合璧图》展厅。展厅中，有一套以“黄公望书房”命名的红木家具，让阿乐十分关注。阿乐是老古家具爱好者，且有“老东西博物馆”馆主身份。看到以“黄公望书房”命名的红木家具，感觉耳目一新。阿乐笑着说，今天东方红木公司之行，颇具收获。

在红木公司考察半天，阿乐与姚向东先生说得投机，彼此间相互邀约，日后互访。我说：“《富春山居图》始创于富阳，东方红木公司艺术家们再创的黄公望神品《红木版富春山居·合璧图》，如能‘探亲富春山，又将是一个当代佳话……”

午餐后，离开东方红木公司。下午，天居然下起了小雨。阿乐说：“作为文人，到了常熟，不去文庙，不去拜见孔子，不去拜见南方夫子，心中是不安的，更不可称作为文人。”

看来，下午陪阿乐去文庙走走，成了必需得的安排。研究会秘书长周剑峰说：“天下着雨呢。”我笑着说：“阿乐的那份激情，凭老天下的这些小雨，是怎么可能阻挡得了的。”

阿乐对文庙的古建筑颇具研究，他说：“常熟文庙的设计，施工，上漆着色都很好，也很规整，很美，有创新，让他惊颜。文庙中陈列的数拾块古碑，都是珍贵文物，是宝贝。唯一可惜的是，在尊经阁内，不应该把“万世师表”的孔子像，放在每天被人踩的楼梯下，这很不妥，也是对孔子的不尊。阿乐嘱我，这事很重要，必须要与相关部门提一下。我当即记下了。（当月 27 日，我向常熟市文化部门传递了阿乐的建议。文化部门领导听后，要我向阿乐转言感谢。）

已下午五点了。我对阿乐说：“乐兄，不早了。该打道回工作室了”。阿乐问：“明天，第五站去哪？”我说：“就明天安排吧。”阿乐说：“研究黄公望，必然联系到虞山画派，说到虞山画派，必然要说王石谷。王石谷被尊为画圣，这里有着故事呢。”我说：“是啊，常熟这故事，知道的人，恐怕不多。”周剑峰告诉阿乐说：“王石谷墓在南山路下面。”阿乐听后，马上要我在回工作室的途中，拐走南山路，去拜谒王石谷墓。无奈，拗不过阿乐，只好“主随客愿了”。

小雨中，掉头，倒车，驾车往南山路而去。终于到了王石谷墓所在位置。车停山坡路边，一行人下坡。在王石谷墓，与阿乐一起，整衣肃立，拜谒石谷老人。又仔细查看墓碑、牌坊，研读碑坊文字，逗留了半个多小时后才离开。

回到车上，阿乐笑着说：“这下，常熟之行就不会留下遗憾了。”我也笑着说道：“是啊，石谷老人，会明白你苦心的。”

第六站，是明天的安排了。“明天去哪里？”“我明天再告诉您。我要带您去黄公望当年隐居时避暑、休息、读书、作画的地方。”“哦，是在哪里呢？”“哈哈，暂时保密。”

我心里说：“那是虞山冷泉书院。”

## 三

今天，是蒋金乐来常考察黄公望文化的第三天，也是第六站的开始。第六站当然是去冷泉。冷泉，又称老石洞，在虞山西麓。那里有“吴文化第一山”之称。老石洞前，有三个先贤巨石像，矗立在虞山西麓下广场上。这是一片展示常熟文化历史上三位先贤的广场。

我和胡燮敏陪着阿乐，漫步冷泉边。阿乐的提问一个接一个的来，让我的脑细胞，牺牲了不少。可能民间有不少人，仍不知道这三位先贤，分别是谁。阿乐是外地学者，当然不会细知常熟文化。但作为常熟的文化人，却不可不知。他们分别是：商代第十任王太戊的宰相巫咸（南首），常熟吴文化始祖仲庸（中间），有南方夫子之称的孔子弟子言偃，又称言子（北首）。不过，人们可能也不晓得，这个地方设有三位先贤像的时间，并不是现代，而在古代。

历史上，冷泉（老石洞）就是历代文人雅士相聚之所。清代时期，在冷泉洞屋前，原有房屋数楹，有季家祠。冷泉洞屋前有牌坊，牌坊上书“古今三庙”四字。据清代学者季厚镕（有子陶，太公执钓人号）说，此“古今三庙”是纪念巫咸、姜尚、虞仲的。也可能是纪念吴高士季札、汉孝子黄香、元画家黄公望的。季厚镕还研究认为，冷泉，曾是书院，又称石洞书院，历史上，有姜尚、虞仲、黄公望曾在其中读书、休息、会友、生活过。洞内的石刻“仙老此洞，痴大于黄”，便是出处。现在洞口仍留有：“陶翁醉读”残迹，便是依据。

离开老石洞，途经小云栖寺下，上小云栖寺（小石洞）是必需的，逐级而上，爬坡而至。露珠泉依旧，而传说中的千年古藤，已垂朽不堪了，我很为它担心。

一路过来，阿乐仍不过瘾，凡见到石刻文字，终要研究一番，我心中思想着，怎么文人都爱这一口呢？阿乐说：“学问，学问，学问就是问来的嘛。”

## 四

十点左右下山，离午间还早。阿乐竟然还要我抢这一个多小时，带他去看一下我著作中写到的“范氏祠堂查氏贞节牌坊”。说是也要看看，查氏这位清代贞节烈女受乾隆皇帝表彰的故事。

我心想，我的乐兄，这可是在十多公里僻远的乡下哎。可胡燮敏说，他虽也是本市人，却也没到过范氏祠，也想去看一下。看来，我这个向导当定了。其实，陪阿乐和胡爕敏去看“范氏祠堂查氏贞节牌坊”，我是很有成就感的。

这是一处市级文物保护单位。在十多年前，我发现了这个处于乡间、传说是“范仲淹后裔”的，且极有文物价值的清代贞节牌坊。从此，我开始了对这处“范氏祠堂查氏贞节牌坊”考证，前后近二十次的拍照、测量、撰文呼吁、打报告等奔波，才完成了对这处文物的保护。其间，得罪过许多“利益争夺者”。现在再次到访，既有成就感，又有点怕再次碰上利益争夺者那几个人。

农村道路改造建设，带来的变化可真大，许多年没去“范氏祠堂查氏贞节牌坊”，行程果真陌生了。我这个向导，差点带错路。不过，打方向盘猛然间一个右拐，才走上了正道。车到人下，目的地到了。

引步人前，到达祠堂外。祠堂年久失修，略显破败。两位学者仔细看着，研究着，拍摄着照片。我果然又见到了那几位怕见的人。当他们听说，我早已退出“政坛”，现在不管事已多年了，才悻悻地对我说：“哦，你现在没有权了。”“哈哈，没权真好。”我心里想着。

对于阿乐，有关这祠堂和贞节牌坊的故事，我必须给他讲一下。至于你，若想了解，那就去读一下我那本《康庄散记》吧。因为，我这会儿有点忙。这不，我们马上要回工作室休息会儿，喝会“金津眉”茶。再说，吃过中饭，我还得送阿乐赶程，阿乐下午要去吴兴了。

你知道哪儿是吴兴吗，哈哈，不知道吧。顺便告诉你，就是现在的湖州的古城区，那里是黄公望向师傅赵孟頫学画的地方……

2017年2月23日

# 话说西湖筲箕泉

对黄公望在浙江杭州的隐居地“筲箕泉”，说法不一，有许多争论，因此学界有“一个黄大痴，二处筲箕泉”之说。有人认为：杭州历史上西湖边从来就没有筲箕泉的，“筲箕泉”是在富阳东洲庙山坞。孰是孰非，史实真相到底是怎样的呢。杭州西湖边历史上，到底有没有筲箕泉呢。

近二十年来我研究、考证，查阅大量史料。读杭州《武林梵志》等相关历史资料发现，清代以前，杭州及西湖周围虽说不上寺观林立，但却已有寺观363处。发现其中为杭州西湖之南、赤山之阴有慧因高丽寺，它与“筲箕泉”有密不可分的关联。

追溯慧因高丽寺的创建历史，发现其始建于吴越时期，时称慧因禅院。北宋时期（927年），高丽王子到慧因禅院求法取经，献《华严经》（3部170卷）捐建藏经阁，故又称为高丽寺。从北宋时期距今，也已有1091年历史了。2015年3月28日，还经浙江省文化研究部门专家陪同实地考察两天，并查考浙江相关历史文献资料，证实了在浙江杭州西湖之南、赤山之阴，西湖畔（古慧因高丽寺址、现花家山宾馆址）筲箕湾，确实有筲箕泉，至今尚存。其史上有“箕泉泻珠”的美称。当年，黄公望即隐居于此处。并且，杭州西湖边这个筲箕泉，被古代许多僧人、文人、书画家记载或吟咏过。

现把查考杭州西湖慧因高丽寺时，发现《慧因高丽寺志》之记载的古代诗人在雅集时题咏寺外筲箕泉的诗文，及多年来查考的其他相关史料的分析情况，撰文如下，以飨读者。

## 《寺志》中见有记载

据《慧因高丽寺志》记载，慧因高丽寺“面玉岑（山），背兔岭，南高右踞，箕泉、蛟窗二水合流而南，绕于寺门，环转而东北，逗回龙桥，复南出赤山埠，达于西湖。”记载中的文字表明：慧因高丽寺，隐在杭州西湖之南，赤山之阴，背靠兔儿岭，面向玉岑山，赤山踞于左侧，南高峰踞于右侧。在这样一个风水宝地，还有筲箕泉和蛟窗泉（又称铁窗棂洞及慧因涧）二水相交于寺前，流向西湖边处，俗称筲箕湾。《慧因高丽寺志》中还记载述：（筲箕泉）在寺西北，南高峰之麓，怪石磊河，一泓涵澹，倾珠漱玉，折而东南，与慧因涧合……。

慧因高丽志中所载，为一泉一涧，必有不同，“泉”者为渗漏之水，“涧”者，为表面之流，一字之差，意之相远。是“涧水”，绝不谓“泉水”。这是常识。

从高丽寺创建之后一千多年中，经历几盛几衰。但其佛家地位和文化积淀，在杭州历史文化中是影响深远的。特别是在高丽寺创建之后，有宋哲宗赵煦、宋文学家苏东坡、元书画家赵孟頫、元山水画家黄公望、明山水画家孙枝等，可见历代官宦与文人雅士对高丽寺的关注。

在《慧因高丽寺志》中，有记载说：赵孟頫“每至武林（杭州）

必停棹赤埠（赤山埠，当时西湖船码头），徘徊慧因”。元仁宗延祐二年（1315年）九月，住持慧福撰《高丽众檀越布施增置常住田土碑》述：“高丽国王王璋上疏元廷请求布施高丽寺”的一段文字，即为赵孟頫书，在万历《钱塘县志》中亦有载。资料显示，赵孟頫还曾于大德二年（1298年）二月、大德八年三月、大德九年三月等多次光临高丽寺。而黄公望在大德三年之前，就居住在高丽寺外筲箕湾。根据《慧因高丽寺志》记载：慧因高丽寺内有一殿堂名曰“‘七祖堂’，‘内奉马鸣大士、龙树、帝心、云华、贤首、清凉、圭峰七祖。’大痴道人黄公望卜居筲箕泉，画七祖堂四壁”。七祖堂，于元末毁。黄公望还在筲箕泉旁结庐隐居，并曾作过《筲箕泉图》。

《慧因高丽寺志》还载：高丽寺外筲箕泉右侧有浴鹄湾水域，有黄冠道人张雨构筑的水榭并居其间。另外，时至明代，到高丽寺中雅集撰文并留存于世的也有很多。研读慧因高丽寺的《慧因高丽寺志》卷十，发现其中记载中，有许多明代文人雅士对西湖慧因高丽寺边筲箕泉的题咏诗。

## 卷十之中有题咏诗

让我们再来读一读《慧因高丽寺志》记载。

《慧因高丽寺志》是明代李翥撰写，清代钱塘人丁丙补撰的一本佛家寺志。由清代平江（苏州）人姚孟起书写了《玉岑山慧因高丽华严教寺志》书名。志书（卷十）、（卷十一），中大量记载了明代文人写慧因高丽寺“铁窗棂洞、慧因涧、玉岑山、赤山、南高峰、箕泉泻珠、筲箕泉、公望茅庐以及赤山埠、浴鹄湾”等十景的诗文。

首先，我们来读一下《慧因高丽寺志》卷十中记载的明代常熟人张维（字叔维）描写高丽寺及筲箕泉的《冬日游慧因寺怀古》诗：“苔积雨花千层紫，寺门萧寂空山里。群峰环列如髻鬟，中有玉岑龙跃起。峻嶒山骨跨湖阴，断霭残云互相倚。理宗手迹不复辨，当年幽胜消榛杞。老衲经行叹黍禾，游人来往谈山水。寺边古涧漾明珠，流出莼丝杂兰芷。少游濯足想风期，公望结茅讨画理。高闲流寓选灵区，寒碧苍苍剩遗址。经阁蛟窗空月明，闭关横铁人往矣。我来冬日倍凄凉，山山落木泉声死。独向疏林认祖庭，惟有松声未迁徙。三叹长吟入寺来，花宫琳宇峰如绮。香烟半缕夕阳明，似与易庵燃一指。暮鼓晨钟亦有时，猕猴绕树禽言喜。我爱深山木榻闲，禅心不动笙歌耳。”张维，字叔维，号西泠寓客，明神宗朱翊钧（万历九年，即 1581 年）至明毅宗朱由检（崇祯三年，即 1630 年），常熟（今属江苏）人，常居杭州西湖畔，系张季（1570—1610）之弟。张维诗才清逸，善吹箫度曲，工诗画。其山水画宗董源、吴镇，所作烟峦出没，淡宕入神，意境清远，落笔沉着，具有沈周、文徵明气度。张维为人孤介，索画者非其意合终不易得。[传世作品有天启元年（1621 年）作《林风涧雪图》轴，绢本，墨笔，纵 42.8 厘米，横 23.2 厘米，右上自题：“爱此荒凉色，翻令筑室成。林风与涧雪，俱作古时声。辛酉六月，避暑虎丘山楼，写此寄子建词兄，并题呈政，友弟张维。”现藏常熟博物馆。] 细读慢品张维的诗，我们从中可以分析和看到，当年玉岑山与慧因高丽寺、蛟窗泉（慧因涧）、筲箕泉、黄公望茅庐之间紧密的关系。

另外还有，明万历年间钱塘人，徐胤翘（字，幼凌）所作的两首诗：

《探筲箕泉有感》“泉流纡转可浮杯，不道荒凉碧草隈。一自大痴骑鹤去，何人更与剪蒿莱。”

《筲箕泉》：“嘉木展新柯，灵卉敷芬芷。石底吐名泉，朝夕散云髓。遇之得幽人，失之在千里。按谱识佳名，溯流母乃是。境僻到者稀，深苔湿人履。孤抱托幽岑，余情释清驶。披菜涵流云，白日期迟此。挽手怀高风，箕颍事已矣。而我蹋尘鞅，赏心聊可恃。”

徐胤翘自幼精文聪明，他年轻时曾与徐胤翓（字孟凌）、徐胤翀（字仲凌）一起合著《幽堂集》《径山游草》等多卷著作。是明代著名的雅士，常到西湖边慧因高丽寺里游览。在他的诗中，也明确地把对幽岑（指，玉岑山）、筲箕泉与黄公望之间的往事，紧密地叙述在他的作品中。

## 卷十一再现题咏诗

继续再读读《慧因高丽寺志》卷十一。

卷中有许多文章，是直接或间接题咏“慧因高丽寺、铁窗棂洞、慧因涧、玉岑山、赤山、南高峰、赤山埠、浴鹄湾”的文字，特别是题咏“箕泉泻珠、筲箕泉、公望茅庐”等的作品，则多达十余处（章）。

先研读一下蒋如奇的五言绝句《箕泉泻珠》：“云根颗颗圆，非珠亦非水。空谷行跫稀，鲛人泪靡靡。”短短20个字，把箕泉泻珠奇景，描绘得淋漓尽致。

蒋如奇（？—1643），字一先，号盘初，明末书法家。宜兴县人。是明万历四十四年（1616年）进士，任过知府等官职，后长期隐居家乡。能诗善文，和大书法家董其昌交游甚密，其书法亦与董齐名，摹晋王羲之、王献之父子，唐怀素，宋米芾等大家书法，皆得神韵，并有独创。晚年作“宜兴十景诗”刻石，又精心整理历代法帖，摹刻上石，共有百余块。六十岁后又为官，任浙江参政等。崇祯十六年（1643

年）在督粮赴京途中去世，被朝廷追赠光禄寺卿。可谓是明代一介文人名士。蒋如奇生前常到慧因高丽寺游览，对慧因高丽寺的情况非常熟悉。

仔细研读《慧因高丽寺志》卷十、卷十一中有关“箕泉泻珠、筲箕泉、黄公望茅庐”的许多诗文作品时，我忽然发现一个有趣现象：这些诗文作品，似乎是某位老师给学生下的“命题文章”任务一般，几乎好像是撰写于同一天，同一时间，或同一地点，并同一命题，而这个场景，就发生在杭州西湖之南、赤山之阴的慧因高丽寺，及或赤山埠及箕泉泻珠的筲箕泉畔。

那么，这是一个什么样的场景呢？通过仔细研读，我想象：在一个由明代某年、某月、某一天的上午，或下午，一群十余位文人雅士，相聚于慧因高丽寺，他们商定以慧因高丽寺“十景”为题，每位择作若干诗文，作为这次雅集之作，所有入选之作，均被后补编的《慧因高丽寺志》（之卷十一）收录其中。

兴趣所致中，我回读研析了在天启丁卯仲秋，荆溪（宜兴）人蒋如奇，在归云楼为《慧因高丽寺志》所撰的序（二）时的发现，更加坚信了我的这个分析。且看蒋如奇在《序》中所道：“高丽慧因寺，盛于晋水禅师，名于三韩弟子，而韵于东坡居士，居士取赤山土以实六桥之堤……吾友李飞侯游及戾止，感居士之志，纂辑遗文，集为一编，目搜摭景物得十则，各附以诗，求同志者更相求和，长篇短什，随兴所发，汇而成帙，以侈观美。……”等等。

天启丁卯年，即明熹宗朱由校天启七年（1627 年），也就是说，在明熹宗朱由校天启七年的仲秋之日，蒋如奇因受托补编《慧因高丽寺志》，他召集的一场由蒋如奇、温以介、释方宜、吴石渠、蒋鹿长、释湛若、姚葆明、释玄韬、方子鼻等十余位明代文人名士或僧人组成的雅集活动曾发生在慧因高丽寺内。他们或作诗，或吟词，以最生动、最灵巧、最美好、最形象的文字，把慧因高丽寺内外诸景，尽情地描绘和夸赞，如下便是研读《慧因高丽寺志》卷十一中，发现他们有关“箕泉泻珠、筲箕泉、公望茅庐”的诗作：

由湖州人温以介所作的《箕泉泻珠》：“绝壑余寒在，幽泉冒暑经。溅珠因地涌，咽石为岩扃。饮鹿无人即，窥鱼有鹤听。依然大痴笔，天与传丹青。”[温以介（1585—1645）又名璜，字于石，号宝忠，湖州南浔人。系温体仁的同一曾祖父之堂房兄弟。璜初名以介，号石公。”后以梦兆改今名，而字曰宝忠。乌程人。崇祯癸未进士。官徽州府推官。事迹附见《明史·邱祖德传》。乾隆四十一年，赐谥忠烈。温以介有《遗集》十二卷。]

由钱塘人释方宜（字梦曙）所作的《箕泉泻珠》：“上山探高泉，昴石犹立刃。浚源萌其下，回溪自蒙润。昀砾散圆光，宁辞重崖峻。明月古所珍，抛浪殷保慎。”（其生平不详）

由宜兴人吴炳（字石渠）所作的《箕泉泻珠》：“一派明珠布式裁，月明按剑自徘徊。块筛直上穷源处，应是骚人万斛才。”[吴炳是江苏宜兴人，生于明神宗万历二十三年乙未（1595年）四月初七日。由无名氏所撰的《石渠公传》中有其载。]

由宜兴人蒋金昌（字鹿长）所作的《箕泉泻珠》：“远播山中美，筲箕亦得名。晴飞窥异质，雨潦听同声。砚忆黄痴洗，茶无陆子盟。香珠一万斛，堪与斗连城。”（其生平不详）

由钱塘人释湛若（字灵源）所作的《箕泉泻珠》：“一泓寒玉泻空山，石面跳珠乱藓斑。洗钵僧穿云窦人，寻源客带雨花还。幽淙冷蘸苍松影，香脉潜通慧涧湾。岩际诛茆人在否，即教痴绝亦难攀。”（释湛若，僧人，生平不详。）

由仁和人姚二煜（字葆明）所作的《箕泉泻珠》："月桂松穿九曲，云横冻缫千行。一自墨花浮韵，只今石乳流香。"（姚二煜，生平不详。）

由钱塘人释海珠（字玄韬）所作的《箕泉泻珠》："忽见幽篁里，鲛人泣暮晖。认珠凉扑面，疑佩响兜衣。不逐瑶蜂散，时兼翠鸟飞。悠悠泉石赏，林暝坐忘归。"（释海珠，生平不详。）

由钱塘人方新（字子鼻）所作的《箕泉泻珠》："不见大痴今几年，幻珠犹自媚晴川。云筛石芷屏前碎，日破沤花镜里圆。神女弄歌乘月夜，道人浴衲系香烟。饥蛟渴虎休相妒，悟到虚空亦惘然。"（方子鼻，生平不详。）

除上述咏吟之外，蒋如奇等一派文人名士还作有咏吟"慧因高丽寺、铁窗棂洞、慧因涧、玉岑山、赤山、南高峰以及赤山埠、浴鹄湾"等十景的诗文几十章。

如蒋如奇的《玉岑耸峙》《慧涧环流》《蛟窗横铁》《经阁观光》等。

如温以介的《玉岑耸峙》《慧涧环流》《蛟窗横铁》《经阁观光》《瑞光古像》等。

如释方宜的《玉岑耸峙》《慧涧环流》《蛟窗横铁》《轮藏凌云》《经阁观光》《瑞光古像》等。

如吴石渠的《玉岑耸峙》《慧涧环流》《蛟窗横铁》《经阁观光》《瑞光古像》《普门却暑》等。

如蒋金昌的《玉岑耸峙》《慧涧环流》《蛟窗横铁》《经阁观光》《瑞光古像》《普门却暑》等。还有释湛若、姚葆明、释海珠、方子鼻等人的同题诗作。

明代《慧因高丽寺志》编者李翥，曾在《慧因高丽寺志》中题跋道："西子湖每岁一游，游必旬月，凡十八游。故于山之高者，林子深者，石之隽者，园之名首，寺之古者，弥不遍。最后至高丽。高丽古而垂敝，寺僧止水于辘轳劫谋一转之，欲辑寺志以侈先朝之盛……”可见，李翥对慧因高丽寺的情况非常熟悉和了解。

另清代光绪壬午年六月，有钱塘人丁丙在补撰《慧因高丽寺志》时题写的题跋中道：“法云寺在赤山，旧名慧因禅院，……”上述均于《慧因高丽寺志》有所记载。

## 其他史料也多记载

除了上述《慧因高丽寺志》卷十、卷十一中，能证实西湖筲箕泉的存在和所处位置，在明代文学家田汝成的《西湖游览志》中，也有其载：旧慧因高丽寺，地处西湖边筲箕湾，背靠南高峰、兔儿岭，面玉岑山，一泉一涧之水环绕寺前，风景清幽宜人，古有：玉岑耸峙、慧涧环绕、筲泉泻珠、蛟窗横铁、雪窝怪石、雕础神工、轮藏凌云、普门却暑、瑞光古像、经阁曲观等“慧因十景”。

《慧因高丽寺志》还载有：“赤山之阴，有泉曰筲箕，元黄子久公望筑室其上，号大痴庵。其次子德宏同居其间”。

在清乾隆三十年（1765 年）所编的浙江《湖山便览》之第八卷《南山路》中，也有记载赤山下筲箕泉的文字，有如“赤山下为赤山埠，水曲为浴鹄湾，……西为玉岑山。……两山间有慧因涧……旧有华严阁……山阴有筲箕泉。”等，多处有关筲箕泉的条目。

除了浙江的史料有对杭州西湖有筲箕泉的记载，浙江近年出版的《杭州的水泉》一章中，亦有“筲箕泉”名列其中。浙江省《杭州日报》，曾对杭州西湖筲箕泉，作过较详细的证实和报道。还有其他许多地方的史料中，亦记载有黄公望当年居西湖筲箕泉的记录，等等。

例如，元末明初文学家、史学家，黄公望忘年之友陶宗仪，在他的《南村辍耕录》中有对黄公望当年居西湖筲箕泉的记录：“杭州赤山之阴曰筲箕泉，黄大痴所尝结庐处。”

再如，常熟黄公望后裔黄泰等在编撰的《黄氏五集》中，也明确指出“一峰公居西湖筲箕泉，次子德宏寻访至西湖，其陪伴左右居住其间”的记载。

又例，武汉新洲明代所编《黄氏宗谱》中，也有“神主公一峰道人曾居西湖筲箕泉，次子陪伴其间”的记载。

再例常熟的《弘治常熟县志》《嘉靖常熟县志》《康熙常熟县志》《常昭合志》等史志，均有“黄公望隐居西湖筲其泉，次子德宏寻访至，其陪伴左右……”的记载。

另外，在明末清初藏书家、学者姜绍书所撰编《无声诗史》中，亦载：“大痴道人，隐于杭州西湖筲箕泉。”

还有，如黄公望许多生前好友，如郑元祐、王逢、袁易、吴镇、倪瓒、袁桷、张雨、范子正、陈存甫、杨载、危云林等人的书画或文字作品中，都显示出黄公望隐居于杭州西湖筲箕泉的记载。

综合本文上述四章所分析的，可以得到这样一个结论：许多古今史料记载，充分证实，杭州西湖边确有筲箕泉。至于西湖边筲其泉的确切位置，应该是在杭州西湖之南，赤山之阴。如用更具体的、详细的说法，来指出筲箕泉确切的位置的话，那么就是：杭州西湖筲箕泉，在浙江杭州市西湖之南、赤山之阴，（古慧因高丽寺址，现花家山宾馆址）西湖畔，筲箕湾，黄公望当年结庐处。

2018 年 9 月 29 至 10 月 3 日

撰于隐梅斋

# 黄大痴心中的尚湖情

虞山尚湖，俗称西湖。尚湖因位于虞山之南山下，而也素有“西湖”之称。又因为传有商末隐士姜尚太公，曾在虞山西湖隐居垂钓，而得“尚湖”之名。尚湖与虞山相映，有“十里青山半入城，万亩碧波涌西门”之誉，为古城琴川平添了万种风情。从古至今，尚湖都是江南著名的风景胜地。历史上有元代黄公望、倪云林等，明代陈儒、沈周等许多文人、画家曾留下许多题咏尚湖的图画和诗文。

## 一

元代的画家黄公望，出生在古城琴川河边。九岁后随养父黄乐，生活在虞山西麓之小山下黄家巷。虞山西麓下的小山，是虞山之余脉，有四峰，南峰为蔡家山，中峰为朱家山，西峰是钱家山，北峰是顾家山等。南峰为小山的最高处，约十七丈余，距虞山尚湖不足二里。登小山之顶，可遥见尚湖之水如一面明镜，映峰成画。

尚湖风景，自古迷人。宋代时常熟县令孙应时，曾在他的一首咏尚湖的五言诗《早秋独出·出行邑西湖》中描写道：“双湖带山郭，三岁甫来过。猎猎葭芦老，飞飞鸿雁多。晨晖明野树，晚思渺烟波。怀我孤山下，归欤具一蓑。”还有明代嘉靖年间常熟贡生陈儒（字宗道，号方溪）在他所作的《虞山四景》诗中，有《西湖秋碧》和《殿桥春霁》分别吟咏尚湖道“平湖如镜丽秋空，窗眇银河一道通。闻说溪边有奇观，风云接地起蟠龙。”“参差古殿映朝暾，湖外烟光远见村。昨夜桥边春雨足，双鱼飞破落花痕。”因此，在至元元年，已入道归来后的黄公望，严守道规戒律，拒住家中，他择于南峰的山麓石平台上，新筑了自己的山居茅舍（世称“黄山人所”），独居其中，专心修道、作画（平台下西侧有一古石洞，面西南，称“白额洞”，小山人世代称俗其为“老虎洞”，洞内可容十余人，冬暖夏凉）。明代绘画理论家唐志契所著《绘事微言》卷上和卷下中分别载述黄公望道：“黄公望，字子久，常熟人，神肖关荆，染宗北苑，年齐大耋，洪武中尚在。”“……黄公望隐于虞山，落笔便是常熟山色，信高人笔底往往为山川所囿乎。”

站在小山南麓黄公望山居茅舍前平台上，向东隔溪看虞山，向南过桥望西湖（尚湖），俯瞰山下湖桥景色，眺望湖甸烟雨。如此美景，更使专情于山水画的黄公望，对虞山尚湖情有独钟。在黄公望入道归来，回到自己故里小山后，一有空闲便纵情于山水之间。黄公望非常喜欢故乡山水峰峦，或面山豪饮，或归隐卧石，或细悟山水，或纵情丘壑，终日游观不尽。

明代《弘治常熟县志》载描尚湖道：“尚湖在县治西南四里，长十五里，广九里，又名西湖。盖以昆承湖相对而言也。虞山横列如障，而湖延亘其下，水光山色，实相映带，朝霏夕荫，气象千变，为一邑之胜概。”张洪（约1361—1444，字宗海，号止庵，翰林院修撰）有诗云：溺溺秋风起白波，维舟无奈客愁何。江湖满地人来少，芦苇连天雁去多。咫尺不遑安信宿，百年能得几径过。自怜旧日嬉游处，都被农家插晚禾。”还有，在明代《嘉靖常熟县志》中，也有描述尚湖之道：“……邑水溢而出，亦汇于湖，虞山临于湖上，其滨饶葭苇蒲荷，鱼鸟翔跃，民墟栉比，率业鱼稻，柳港映带，景最胜佳，又名西湖，以拟余杭之西湖，或曰太公尚当钓于此故曰尚湖。”因此，常熟的尚湖，成了黄公望和来虞山探访他的朋友们一起游览、豪饮和作画的极佳去处。夏文彦在他编的《图绘宝鉴》中，有记述黄公望常常在虞山上或小山南麓独饮、观赏尚湖之景的详细描述：“大痴归来后居常熟，探阅虞山朝暮之变幻，四时阴霁雾之气运，得之于心而形于笔，故所画千丘万壑，愈出愈奇，重峦叠嶂，越深越妙。”

## 二

至正七年（1347年），已七十九岁高龄的黄公望，在小山故里隐于山中。他常常日以诗酒书画发其高旷，又常卧身于小山间石梁，面山而饮，如痴如醉。黄公望饮酒海量，每当皓月当空，他把喝空的酒罂（坛），用绳子逐一紧系连串起来，把酒罂系拖在船尾，放舟于湖桥下，听着酒罂碰击的声音，犹如音律，使他心旷神怡。每当听到酒罂互相碰碎声，或罂口入水声，他更是童心大发，拊掌大笑。即使是突逢风袭雨击，黄公望仍痴情可掬，那画家的灵感、奥妙，随着俊山秀水的变幻而纵放。每到黄公望酒尽画成，那投于溪涧、桥下，饮尽的酒罂（空酒坛），早已随溪水漂远了。那时岁月间，在小山南麓下石桥边，几乎丢满了黄公望作画之时喝过的空酒坛。

有明代文人张应遴，他在《虞山记》中写道：“元高士黄子久豪饮桥上，投罂水中，至碍舟行。”因为日积月累，黄公望喝酒丢下的空酒坛，竟把水道给阻塞了。明常熟县令钱达道，在他的《虞山图记》中写道："黄子久把酒看山，罂罄即投桥下，水为不流。"后来，在村民把水中的空酒坛打捞起来后，竟"发罂盈舟"装了一船呢。在明代弘治十一年（1498年），时任常熟县令杨子器，命人在此处重新修建了三孔拱形石桥，取名为湖桥。清代鱼翼编写的《海虞画苑略》一书中也记载，黄公望"隐居小山，每月夜，携瓶酒，坐湖桥，独饮清吟，酒罢，投瓶水中，桥殆满。"

在明代万历年间，常熟文人钱达道曾寻访小山南麓当年黄公望隐居之所，并寓居"黄山人所"。后来钱达道做了官后，回忆起当年的情景，还作了《虞山图记》，描述了黄公望当年住所处的景物。钱达道在文中写道："其居倚山面湖，僻静寂历，杳无人踪。而花奇异草，含丹吐白者布满阶前。舍后灵禽怪鸟，瞅鸣啸号，杂沓盈耳。"文中还描述钱达道和其弟在黄公望当年所居的茅舍中吟诗，竟流连忘返。后来诗人王雅宜，曾为此写下了二首诗："绕廓围屏十八里，尚湖华荡舒其间。山明水丽照斜日，一片天池万朵莲。""芙蓉叠壁错奇锦，琉璃千顷摇青空。把酒掀帘发长啸，真堪狂杀米南宫。"

虞山、尚湖的山水美景，养育陶冶了黄公望，黄公望在家乡的山水中，形如赤子顽童，与山水涣然一体。对家乡的山山水水，黄公望一生玩不够、看不够、画不够、写不够。他将无尽的情怀，融入他那神妙的笔墨之中。

2018年11月8日

# 黄家巷的变迁

黄公望，九岁前名陆坚，居常熟城区言子巷（又称子游巷）。陆坚自九岁开始，被移居在虞山西边小山南麓下村中的永嘉平阳人黄乐领养，并随黄乐改姓黄，名公望，字子久。从此，黄公望随养父定居于小山山村中。《弘治常熟县志》人物志曰："黄公望字子久，号一峰，又号大痴道人。本陆氏子，少丧其父，母贫无依，永嘉黄氏老无子居于邑之小山，见公望姿秀异爱之，乞以为嗣，公望依焉，因用其姓……山下有黄氏相传公望之后。"

## 黄崖下的黄家巷

八年前，因为黄公望热，常熟虞山下黄公望的家乡，曾一度受社会各界的普遍关注，寻访黄公望的家乡，曾成为研究者必达的目的。由此，虞山西麓下的黄家巷，访者足迹不断。

虞山西麓下有大、小黄崖，黄家巷与大、小黄崖相距很近。据清《常昭合志》山志还载述："黄崖，在小石洞西数十步，上曰大黄崖，下曰小黄崖。相传黄公望隐其下，其后子姓聚居，俗呼黄家巷《虞乡续记》。"

从元代至元十四年（1277年），黄公望被黄乐过继领养开始，到黄公望娶妻成家。小山村中，便多了一户黄姓人家。据史料载，黄公望婚后生有二子，长子德远，次子德宏。小山黄氏一脉繁衍生息，聚居小山南麓山脚下。从此，就有了村名黄家巷的黄氏一族。《康熙常熟县志》集部志，载"范钦崇编黄公望著《一峰居士集》"。

虞山西麓与小山，仅相隔一水，原曰"小山港"，宋代末，改称"白龙港"。白龙港水上石桥数座，有黄石桥（俗称黄石皮桥）、前坝桥、楝花桥等。从虞山西麓下来，便是邹巷与黄家巷所在。过黄石桥，便是小山南麓之下。小山，高不过十七丈余。在《弘治县志》《嘉靖县志》《康熙县志》等多部常熟旧志中，对小山及黄公望在小山的居地都有记载。

见《弘治县志》山川志载："小山在虞山之西址，高十七丈，周四里有余，与虞山对峙，中隔一水曰山塘，盖自虞山之脉，迤延而西也。"又见《嘉靖县志》山川志载："在虞山西十八里，中限一水，而脉连凡上四山，皆虞山之支山也。"《常昭合志》文艺志亦载曰："黄公望，字子久，号一峰，又号大痴道人。……邑小山有永嘉黄氏，无子，乞为嗣，因氏焉。"

但是六百多年来，黄家巷聚居黄氏一脉，主要曾是黄公望的长子黄德远及其后代子裔。而黄家巷中，却无人自认是黄公望次子黄德宏的后代子裔。研究陶宗仪《辍耕录》和《黄氏五集》等诸多史料后，发现在1338年［元（后）至元四年］，即黄公望七十岁那年，黄公望隐居杭州西湖筲箕泉时，其次子黄德宏因追寻其父黄公望到西湖筲箕泉，并陪伴黄公望居筲箕泉。从此以后，再未见黄氏黄德宏一支归虞山故乡小山黄家巷之史料记载。

在2010年春，时任国务院总理温家宝，发表了关于“黄公望和《富春山居图》”的一席讲话后，常熟的虞山、小山、黄家巷，突然迎来了一批自称为“武汉新洲黄德宏后代子裔”的不速之客。武汉新洲黄氏数人，寻访到常熟虞山下黄家巷，欲找到黄公望长子黄德远的后代子裔，和找黄公望墓。一是要认祖归宗，二是要拜谒黄公望墓。但是，此时黄公望长子黄德远的后代子裔，却早已不居住虞山西麓下黄家巷了。如今的黄家巷中，虽仍有几户黄姓人家，但是从走访中了解到，几户黄姓并非正宗黄氏后代，虽然也姓黄，却是经祖上由其他姓改来的，他们说这里边还有一个历史故事。

那么，黄公望长子黄德远的后代子裔又迁居去了那里呢？武汉黄氏一行，通过时任常熟博物馆书记李烨的介绍，联系到我。经我的安排，武汉新洲黄氏一行，才见到了现居住于大墅桥镇黄家宅基的黄公望长子黄德远的后代子裔，两地黄氏子裔，终于拥抱在一起。

## 黄家宅基及黄氏义庄

大墅桥镇上，原主要有两处黄公望后裔的大宅。一处为“黄家宅基”。黄家宅基，位于大义镇大墅桥河东北区中心，是黄公望长子德远的后裔主要聚居区。另一处为“黄氏义庄”。黄氏义庄，为原大义黄氏掌门族长掌管。黄氏义庄，位于大义镇大墅桥河西北区（现称俞巷自然宅基区域），已毁于新中国成立前敌机轰炸的战火中。

小山黄氏，原有《黄氏家谱》，珍藏于黄氏义庄内，惜毁于新中国成立前敌机轰炸的战火中。我手头有多份黄公望长子黄德远后代子裔撰写的原始资料。其中两份非常珍贵，一份是黄公望二十三世孙黄道蕴提供的《大墅挢黄氏传承录》（又名：大墅桥黄氏释佚）。另一份是黄公望二十四世孙黄世梁提供的《小山黄氏家族大事记》。

根据黄道蕴《大墅搽黄氏传承录》第七页叙述，小山黄氏《黄氏家谱》“是存放在常熟故乡西北郊大义镇大墅桥的黄氏义庄内……”又述“黄家宅基，首先主要有三幢黄氏大宅，在清乾隆年间至清嘉庆年间，由黄氏族人黄公望十六世孙黄泰［黄泰，字韵山。乾隆五十九年（1794年）顺天乡试中举人，以方略馆誊录授知县。历任四川铜梁、永宁、隆昌、安岳等县知县，再补阆中，所任之处，兴水利，赈灾民，平冤狱，颇有政声。其长子黄许桂，以贡生历官福建县丞署惠安知县。次子黄贻桂，为监生，工绘画。］等，在大墅桥浪澄塘东岸有黄伯塘河，河东岸地块上分别建有‘黄大房’、‘黄二房’、‘黄三房’。又在黄伯塘河西岸与浪澄塘东岸之间地块上建有‘黄家大洋房’，两处宅间的黄伯塘河上建有‘响板桥’。”另外，根据黄世梁《小山黄氏家族大事记》叙述，“黄氏义庄，是黄公望十八世孙黄浩，于清道光二十二年（1842年），在大墅桥浪澄塘西岸俞巷北，置地五百亩建了‘黄氏义庄，’分赡贫族。”

从上述《大墅搽黄氏传承录》和《小山黄氏家族大事记》两份历史资料中，可以清晰地看出，本来长期居住于虞山西麓下与小山南麓下黄家巷中的黄公望后代，是在清乾隆年间至清嘉庆年间，即黄公望十六世孙黄泰时期，因在小山北边大墅镇上置地建房后，才迁居到大墅镇上的。这里摘录《大墅搽黄氏传承录·中篇》中一段文字：“查考先祖，原来居住的地方，是在常熟县城西北郊，虞山西麓的小山头，属大义镇境内，后代子孙，选在交通方便的大墅桥畔，购地造屋，建有并排三座。联体型大宅门和一座独立式大宅院，分别建在宅沟河的前后二侧，宅沟河上架立一座响板石平桥，桥后是联体宅院，桥前是独立大院。联体宅院房屋构造，是典型的江南庭院式大合院，纵深尺度为进，横向宽度为间，桥内的庭院，都是三进五开间房型，第一进是大宅院的守家屋；有禀报房，保宅平安房，也是管家账房以及仆人的起居室。踏进第二进，在青砖上雕上有历史人物故事，青砖雕花塞门便是正屋；还有会客的厅堂、书房、客房、执事房等。厅堂的建筑特别坚固、豪华，地上铺的是水磨平滑的方形青砖，屋架是架在四个大圆形金山石鼓墩上面，竖立起四根粗大木头柱子，柱与柱之间铆接着雕花琢兽的横梁，红柱、大梁、飞檐翻轩，很有气派。跨过第二进木质塞门，进入第三进；才是主人、内眷们的起居活动室，至亲至近至爱亲朋的招待房舍，是一处未得主人允许，外人一律不得入内的宅中宅。在房屋的后面，用青砖黛瓦围砌着一圈围墙，内植一根修篁翠竹，进与进房屋之间，劈有一方天井采光，在天井的两侧，筑有厢房屋，除此之外，还筑有储藏农具柴禾等偏屋。筑在桥前的独立大院，结构方面与联体宅院基本相同，但在装潢布局规模气派方面都要胜出一筹。这一处大院的房屋所有权，属于大房黄颂康和黄君维叔侄共有。宅沟河岸上架立的一条小桥‘响板平桥’，结构具有建筑上的特色，使用平面尺寸相等，四角厚度不同的石板，铺设在桥架上，人行走在桥面上时，会发出响声，以防止外人的闯入，保护宅第的安全。桥下的宅沟河，是条人工开挖的小河，寓意财不流失的好风势。”从这段文字中可以看到，当年黄氏后代在大墅挢镇上建的黄家宅基已颇具规模。

因为黄氏家族迁居于大墅挢镇上繁衍生息，现黄家宅基及周围有黄公望长子黄德远的后代子裔大小支脉十余支，成为小山村常住人口中一个大族。

# 小山南麓上公望茅庐

《康熙县志》陵墓志中载曰："大痴山人黄公望墓，在小山南麓，其地石多彩色。"及隐逸志中曰："……公望居小山，日以诗酒，发其高旷，日沽一罂，卧以石梁面山饮，饮毕投罂于水而去，后村人发其罂，殆盈舟焉，小山向有黄氏相传公望之后。"

黄公望六十一岁远赴平阳上圣井山入道，五年后学道归来，六十六岁在苏州文德桥开办"三教堂"，一年多后后又归隐家乡小山。成为全真教道家后的黄公望，归隐家乡后，严守道家的清规戒律，不近女色，拒居家中［《常昭合志》文艺志记载："金月岩，号纸舟先生。嗣全真正宗黄公望，同嗣宗传。"又"全真直指一卷，《稽瑞楼书目》黄公望传钞道藏本。""抱一子三峰老人丹诀一卷，黄公望传《道藏目录》。"等史料中有其详述］。他选择在小山南麓一处平坦之所，面湖筑庵，建造了自己的茅庐。除了外出云游外，黄公望在小山南麓上，整日观虞山、看湖挤，修道作画。"豪饮酒，观山景，会好友，看湖水，"便是他的生活写照。他在《次韵梧竹主人所和竹所诗奉简》四首诗中写道：

"片玉山前人最良，文章体物写谋长。古来望族推吴郡，直到云仍姓字香。"

"花槛香来风入座，雕笼影转月穿棂。钩轩平野连天碧，排闼遥山隔水青。"

"竹里行厨常准备，浊醪不用恼比邻。文章尊俎朝朝醉，花果园林处处春。"

"人生无奈老来何，日薄崦嵫已不多。大抵华年当乐事，好怀开处莫空过。”

从他的诗作中，我们可以看到，黄公望在山中隐居的生活，多有访友，多诗多画亦多酒，可谓既清闲又潇洒。

台湾故宫博物院收藏的黄公望作品中，有黄公望当年为茅山道人张雨所作《虞山八景图》中的几幅藏品。研究发现，其中《清溪停舟图》《屋下清泉图》《贪住青山图》《溪岸山居图》四幅，正是反映了黄公望当年在虞山小山山居之处的景象。特别是那幅《屋下清泉图》，正好印证了当年小山南麓上，在黄公望隐居的茅庐下有山洞（小山百姓称其为老虎洞）溪泉的史实。

《康熙常熟县志》，有一段对小山之景和黄公望隐居之所较详细的记载，其《山志》中曰：“小山在县西北十八里，高十七丈，周四里一百步，与虞山脉势若连，而中限一水。”又“……中限一水，盈盈衣带而山形蜿蜒如龙势，欲西走北则，西南一面之大观也。顾山中之景，无时不佳，而惟春深尤艳，风柔日丽，柳媚花明，画舫朱楼，风帆酒帘，交相映带，惟是王孙公子、侠客歌姬、揽辔停舟、偎红倚翠。山径之间，逐队随行，摩肩接踵，其携壶挈盅者类多，席地幔天，狂歌浪饮，客不速而自至，人不醉以无还。亦有骚人逸客，长饮松下，间眺岩端，对景徘徊，挥毫吊古，一句一词，偏成清赏，盍山灵若以其奇丽示人，……往岁欲避人事借榻湖桥。黄山人（即黄公望）所其居，倚山面湖，僻静寂历，杳无人踪，而奇花异草，含丹吐白者，布满阶前舍后。灵禽翠鸟啾鸣啸号之声，杂沓盈耳。余兴家季宪卿吾咿其间，凡数越月，展然愉快，……竹篱茅舍四面皆山，远近峰峦，如坠几席宛然故乡柴门风景……”从上述记载中，可见小山当年的景色，是多么秀丽和诱人神往，可知黄公望当年在小山所隐之处，曾是那么僻静而幽深。

所以，当年黄公望的后代，在黄公望仙逝后，会顺黄公望生前之爱，择在小山南麓上“地石多彩”之地，安葬黄公望，建黄公望墓，这无疑是应了黄公望生前之遗愿。“距响板桥老家三里许小山南麓的粉墙瓦顶坟堂屋，筑土为坟，穴地为墓，坟墓是埋葬上代祖先灵柩的墓地，坟堂屋是保护墓穴人住的房屋。坟堂的周边围起一垅旱地，以防止牛羊入内践踏。紧邻其外，拥有田底田面全产权上等良田一亩许，防范盗墓人进入墓穴，该耕地是免交租米，只提供给守墓人耕作，垅地上不允许施农家肥，可种植杂粮，以保持坟山的清爽，每年另给守墓人一笔零用钱，使守墓人基本生活无忧后，才能致心尽力保护好坟山。”这是《大墅桥黄氏释佚》第十二章中的一段文字，这段文字证明，小山黄氏，除了现在人们看到的虞山西麓黄家山下有黄公望墓，原来小山南麓上确有小山黄氏祖上墓地。

## 黄家山与黄公望祠

史料记载，黄公望墓的迁移，是在清代嘉庆二十二年（1817 年），由黄公望十六世孙黄泰，斥资买下虞山西麓的黄家山后，才将小山南麓上的黄公望墓，迁葬于虞山西麓黄家山坡上的（小云栖寺左下方）。这与黄泰在大墅桥镇上置地建房，为同一时期。虞山西麓上的黄公望墓，背靠虞山，俯视小山。其墓地有罗城、拜台、石级、墓道和单间冲天式石牌坊，墓地不远处的村头修建了黄公望祠。清代学者小山人季厚镕（字子陶，别署，太公执钓竿人）曾为黄公望祠正厅左右侧，各书有对联一对，曰：“公亦痴，我亦痴，过黄崖埋骨处，时情痴到颠、狂、野。”“品愈高，才愈高，传尚湖钓雪图，画笔高出唐、宋、明。”

从本文前述中谈到，自黄公望十六世孙黄泰在大墅镇上置地建房后，黄家巷的黄公望后裔已迁居到大墅镇上了。那么目前黄家巷上仍然留居的几户黄姓人户，到底与黄公望的后代有没有关系呢？为什么同是黄姓，却不是黄公望后裔子孙，他们之间有什么渊源呢？

通过笔者十多年来大量走访、调查和研究，发现目前仍然居住在黄家巷的几户黄姓人家，的确与大墅镇上黄公望的后裔有着历史的渊源。

请再读一下《大墅桥黄氏释佚》中这段文字："距响板桥老家三里许小山南麓的粉墙瓦顶坟堂屋，筑土为坟，穴地为墓，坟墓是埋葬上代祖先灵柩的墓地，坟堂屋是保护墓穴人住的房屋。坟堂的周边围起一垅旱地，以防止牛羊入内践踏。紧邻其外，拥有田底田面全产权上等良田一亩许，防范盗墓人进入墓穴，该耕地是免交租米，只提供给守墓人耕作，垅地上不允许施农家肥，可种植杂粮，以保持坟山的清爽，每年另给守墓人一笔零用钱，使守墓人基本生活无忧后，才能致心尽力保护好坟山。"读后可以看到，在小山南麓上原有黄公望家族墓地上，黄氏家族安排有"坟堂屋是保护墓穴人住的房屋"，并且"每年另给守墓人一笔零用钱，使守墓人基本生活无忧后，才能致心尽力保护好坟山。"这就是说，黄公望墓地上，历代都有守墓人。在走访中了解到，自黄泰将小山南麓上的黄公望墓，迁葬于虞山西麓黄家山坡后，小山南麓上原有的守墓人，也随之迁居到了距黄公望墓、黄公望祠之旁的黄家巷了。

通过多次对现居黄家巷村头人家的走访，黄姓人家的主人叫黄鹤九，他（因病手术，坏了嗓子，变成哑巴）在写字板上一笔一画地写出，告诉了我这样一个历史故事："在清代时期，我们现居黄家巷的黄姓人家，原来远祖时并不姓黄，有的说可能曾姓瞿，又有的说可能曾姓李，但到底原来啥姓，我们也不太清楚。只知道历代祖上都曾住在小山南麓南坡下，因为历代家人是为黄氏家族看坟守墓的，所以后来我们就改了黄姓。因为黄公望墓和黄公望祠堂迁到了黄家山下，黄家巷黄氏旧宅与黄公望墓和黄公望祠堂相距很近，我们（守墓人）家因此就也迁居到了黄家巷中，在黄家老屋居住。原来黄公望祠堂很破旧，位置就在山坡上黄家巷村口，八十年代重修时，才移到了黄公望墓侧。原来的黄公望祠堂里，有很多亡人牌位（灵位），是破四旧时才毁掉的。总之，我们不是黄公望的后裔，只是为黄家看坟堂的，改为黄姓，也不知是那个年代开始的，估计至少也有二百多年了吧。”由此，现居黄家巷的黄姓人家之谜，终于得到了可认的解释。其改姓的因缘，不闻其详也罢，却能让人们产生许多饭后茶余的话题。

## 黄家巷的题外之话

最近的一个发现，让我心中产生许多担忧和不安。因为研究黄公望，许多年来，穿梭来往于虞山、小山村、黄公望墓、黄公望祠、黄家巷之间，甚至每年不少于三十次。黄家巷在黄公望祠大门正面坡下，之间相距仅五六十步，并且黄家巷村上有一农家饭店。

每逢带三五文友、学者参观黄公望纪念馆（即黄公望祠），或拜谒黄公望墓，若遇晌午就餐时，择便在黄家巷村上的农家饭店中，安排一次便宴、将就一次中饭，是经常的事。每当步至黄家巷农家饭店，见其山墙上高处，有蓝底白字的村牌，“黄家巷”三个大字醒目如灯。许多年来，我已记不清向多少来访的文人、学者介绍过“黄家巷”的出处和与它有关的故事。

二〇一八年，常熟实施大环境整治。听朋友讲过，今年市里要求统一整治城乡环境，其中一项要求是，要统一规范路牌、村牌和居民门牌的制作。黄家巷，自然也不例外。

十月的一天，我因事又带文友、学者参观黄公望纪念馆，拜谒黄公望墓后，又择便在黄家巷农家饭店中安排一次便宴，走到村头，才惊诧地发现，山墙上原来那块蓝底白字的“黄家巷”村牌，竟然变成了“王家弄”了。这个“黄”“王”不分的改变，让我心中产生了无比的惊讶和哀叹，简直是太浮躁了。一个地名、村名，或者说一条路名的形成或产生，往往蕴含着几十年、几百年，甚至上千年的历史文化和故事，怎么可以就这样随便地更改呢？真是让人无奈之极。我能做的，除了提供史证资料向有关部门呼吁更正外，仅以本文小议，是为记。

2018 年 12 月 12 日

# 黄公望与小山村

《商相村志》(即《小山村志》)一书里说:“黄公望自幼在村中秀丽山水的熏染下,纵情家乡自然美景,陶冶操守。一贯勤学,工书画,通音律,尤精山水画,师承董源、巨然,还能填写散曲,别有风韵。……黄公望尤喜家乡小山峰峦,终日观之不尽。归隐卧石,面山豪饮,纵情丘壑……”

## 一

黄公望与小山村,《康熙常熟县志》卷一中《山志》有这样一段详细描述的文字:“山形蜿蜒如龙势,欲西走北则,西南一面之大观也。顾山中之景,无时不佳,而惟春深尤艳,风柔日丽,柳媚花明,画舫朱楼,风帆酒帘,交相映带,惟是王孙公子、侠客歌姬、揽辔停舟、偎红倚翠。山径之间,逐队随行,摩肩接踵,其携壶挈盅者类多,席地幔天,狂歌浪饮,客不速而自至,人不醉以无还。亦有骚人逸客,长饮松下,间眺岩端,对景徘徊,挥毫吊古,一句一词,偏成清赏,盍山灵若以其奇丽示人,……往岁欲避人事借榻湖桥。黄山人(即黄公望）所其居，倚山面湖，僻静寂历，杳无人踪，而奇花异草，含丹吐白者，布满阶前舍后。灵禽翠鸟啾鸣啸号之声，杂沓盈耳。余兴家季宪卿吾咿其间，凡数越月，展然愉快，……竹篱茅舍四面皆山，远近峰峦，如坠几席宛然故乡柴门风景……”从上述记载中，可见小山当年的景色，是多么秀丽和诱人神往，可知黄公望当年在小山所隐之处，曾是那么僻静而幽深。

黄公望曾长期隐于小山南麓的茅庐中作画、会友。在黄公望一生中，有五十多年时间，朝夕面对尚湖、虞山。其居处之景之幽雅静寂，也极似富春江山水情趣，难怪有人说《富春山居图》中，也有虞山小山尚湖之韵。清初常熟大画家吴历，曾寻访黄之旧居，其《题黄子久虞山小筑》诗曰：“痴黄小筑傍溪湾，松径萧萧木叶斑。秋静绝无游屐到，一峰苍翠板桥间”。在他一生中，隐居于山的时间，有五十多年。

黄公望七十七岁那年（至正五年，乙酉年，即1345年）。他在小山南麓自己茅庐中，手书《画理册》（又称《写山水诀》），当年八月初一，黄公望又勇攀上虞山之顶，他在望海亭上作了《虞山览胜图》。十月，又在小山南麓自己茅庐中所作《清溪停舟图》，张雨在画上题跋道：“一峰老人，山水清逸绝尘。迩年以来更有一种苍古劲健之色。非寻常弱腕所能仿佛其万一也。今年仲秋客游姑胥，访一峰于虞山，不觉流连匝月，迨告归。因画山居图八幅见遗，若拂水飞泉四题，则写其家山之乐。贞居（张雨）室四题，乃写华阳隐居之景，气韵生动，天趣具足，走荆门于笔下，罗丘壑于胸中。即锡我百朋，何以过此。喜溢过望。因装池以俟同好者歌咏其后，便足了此生之事矣。至正乙酉十月之望。句曲张雨记。”

笔者研读张雨在题跋中所提到的“山居图八幅”，都是黄公望为张雨所作的画。其中有《屋下清泉图》，图有顾仲瑛题跋：“屋下清泉屋上山，松荫落落竹斑斑。道人竟日支颐坐，却喜山光照酒颜”。有《贪住青山图》，图有揭奚斯题跋：“贪住青山白老袍，圣时还放自由逃。诸峰萝目双鞋湿，万壑松云一枕高。瘦鹤伴花心共野，蹇驴驼雪兴偏高。客来不厌无供给，咲指银流与翠涛。”有《溪岸山居图·一峰为伯雨作于虞山山舍》，图有孙鼎题跋等。这《山居图》八幅，都是黄公望在虞山小山所作，并赠于张雨的（文中涉及三幅现存台北故宫博物院）。

## 二

黄公望画山水，大多是以家乡小山和他隐居所处的山水景色为蓝本，以眼前山水为师，与山水默为知音，意会通神。寄深情于山水之中，胸中成山水之丘壑。落笔于心领神会时，笔下现山水之神形。清代画家王翚，在他绘的《虞山图卷》上自题：“元人作画，以意为之，直得象外之趣，构思经营，气韵生动，不落画史规格。此卷写西城至剑门一带峰峦树石，屋宇舟梁，出规入矩，恐为尽脱纵横蹊径。昔黄子久日坐湖桥，看山饮酒，以造化为师，意在神韵，不求形似，遂尔入妙。可知会心不在远也。”（《书画鉴影》）

历代常熟的文人雅士，有许多叙述黄公望在小山隐居作画的记载。有《常熟县志》记载：黄公望“日沽一罂，卧于石梁，面山饮。饮毕投罂于水而去。”

乾隆十年（1745年）有常熟邑人虞山下鱼翼所著《海虞画苑略》中记述：“尝于月夜棹孤舟，出西廓门，循山而行，山尽抵湖桥，以长绳系酒瓶于船尾，返舟至齐女墓下，牵绳取瓶，绳断，抚掌大笑，声震山谷。人望之，以为神仙。”

道光年间邑人郑抡逵也在《虞山画志》中记载道：“试吏事就，隐居小山。每月夜携瓶酒，坐湖桥独饮，清吟酒罢，投瓶水中，桥下殆满。”

清代方薰说：黄公望“尝游虞山悟得笔法……日携壶酒坐湖桥，观云霞吐纳，晴雨晦明，极山水之变，蕴于毫末，出之楮素，洵非俗工可能企及。”（《山静居画论》）

小山人黄公望，以大痴为号，名闻天下。一个“痴”字几乎风靡了元、明、清画坛几百年。元末时，有海漕万户顾渊，工山水画，步黄公望之后尘，自号“半痴”，来到小山归隐，遁迹于山中。清代，著名画家王翚，其四世孙王玖，取字次峰，别号二痴。有人物画家毕琛，自号小痴。

我们从中可以看到，历代文人画家深得黄公望的“痴”字真意，对后人的执着追求具有深远的影响。这种追求“痴”的风气，影响了常熟画坛达五百多年，为虞山山水画自成一派，奠下了坚实的基础。至今，仍在小山人口中，流传着“小山头痴子多”这样一句民间俗语。

2018 年 11 月 15 日

# 仲雍与感化乡

泰伯和仲雍两兄弟，一起让国来吴，立居江南，建勾吴国。从此，江南百姓把泰伯和仲雍认定为吴文化开发始祖，把仲雍认定为吴姓的传代始祖。泰伯和仲雍一起奔赴今江苏省南部，在泰伯去世后，仲雍接任吴国国君，继承了泰伯开创的事业。

仲雍去世后，葬在常熟的虞山东麓。在常熟的虞山上，仲雍的墓至今仍在。对仲雍墓的记载，最早出现在汉朝时期《越绝书》。据考古学家考证，常熟虞山上的仲雍墓，时间至少能推到汉朝。在虞山上仲雍墓前，原有三道石牌坊。第一道牌坊，是清乾隆年间建立的，上书“敕建先贤仲雍墓门”。第二道石牌坊，正面是江南督学使曹秀先题的四字牌，上书“南国恭友”。第三道石牌坊，正面有“先贤虞仲墓”五字横额。两侧石柱上刻一楹联，其文是：“一时逊国难为弟，千载名山还属虞”。仲雍的墓在牌坊之后，墓上有四块墓碑，正中间一块是明代江南巡按御史路振题字，上书“商逸民虞仲周公墓”。

泰伯和仲雍，开创了吴国，其后代人，从此以吴国国姓为姓。谈到姓氏，不能不提到泰伯、仲雍他们的本姓，周姓。从“商逸民虞仲周公墓碑”可以看到，仲雍本姓周。

从古至今数千年，仲雍让国南来后，落脚虞山下感化乡。由此，感化乡民间便有了许多“周王爷庙、周太太庙”等等，庙中历代香火不绝。

## 仲雍与感化乡

泰伯和仲雍让国来吴，为开辟江南和奠定吴文化基础，做出了不可磨灭的历史贡献。他们融合我国东、西文化，奠定了古代江南文化和文明的基础，他们不仅仅是吴国的创始人，更重要的，他们是杰出的古代思想家、政治家和当时常熟百姓的领袖。

据常熟古代县志记载，古代常熟的端委乡和感化乡，分别是泰伯和仲雍让国来吴时的始居地。泰伯居端委乡，仲雍居感化乡，也是他们初来吴时的落脚地。后泰伯移迁无锡梅里开拓发展，仲雍则仍居感化乡。

常熟有虞山，而虞山西麓属感化乡。虞山西麓下有一古老石洞，称老石洞，又称冷泉。在元、明、清时期，石洞冷泉是文人雅士聚会的地方，特别是清代时期成为书院，称冷泉书院，又称石洞书院。

老石洞，在小云栖寺（小石洞）右侧约百步处。据历代常熟县志载，老石洞史存数千年。原洞口有题额“冷泉”二字。老石洞洞深数十米，有石级曲折而下。洞中无水，入洞须秉烛以行，前后数十步，凛若寒冬。《常昭合志》载，清末有常熟学者、小山人季厚镕（字子陶，别署，太公执钓竿人，虞山西麓邹巷人。邹巷，原为小山村里署所在地）曾在洞中题刻了“秉烛游”三字，至今仍清晰可见。当年，季厚镕在老石洞前建季家祠，还在老石洞前，构筑房屋数楹，建牌坊一座曰“古今三庙”，以纪念巫咸、姜尚、仲雍。

据季厚镕研究，历史上，虞山西麓这个“冷泉”（老石洞），曾有仲雍、姜尚、黄公望等在这洞中读书、生活、居住（隐居）过。为此，2017 年 5 月，无锡市吴文化研究会的领导和专家们，曾专门到“冷泉”（老石洞）考察过。

泰伯和仲雍，是周王古公亶父的儿子，也就是说，泰伯（泰伯没有子女，所以如今各地吴姓，却并非泰伯的直系后代，而是仲雍的子裔）和仲雍本姓周。

据有关历史资料反映，常熟历史上，隋代以前，就有“感化乡”这个地方建置和地名，并且随着隋、唐、宋、元、明、清等不同历史时期的变化和更迭，“感化乡”这个当初仲雍生活过的地方，却始终以“感化都”“感化图”等名称，保持、传存了两千多年，直 1911 年至辛亥革命开始，才被停用。

据常熟历代古县志（元《至正重修琴川志》，明《弘治常熟县志》）记载“常熟有感化乡，在县治西南，泰伯与弟仲雍让国而来，民从之者千余家，悉感其化，故名。”并载曰：“在县治东北，有端委乡。春秋（时），泰伯以端委乡施治，故名。”还载曰：“在县治东南，有思政乡。吴王作离宫，与西施作游乐之所，征役不息，民思盛时之政，故名。”

泰伯和仲雍让国来吴，分别居端委乡和感化乡（后泰伯才移居无锡梅里），他们曾历尽艰辛，去创建、去开发、去为吴地百姓服务，带领吴地百姓一起去开拓新的天地和疆域。因此，当时仲雍被常熟当地感化乡百姓尊为“周王爷”。

## 感化乡的周王爷

我的故乡大义，在数千年漫长的历史演变中，曾一直沿用着“感化乡”这个地名。由此，我理解为，在这数千年漫长的历史里，故乡的百姓始终怀念、纪念着他们心中无比尊崇的周王爷，直至民国开始，才改了地名。

古代的常熟百姓，非常崇拜为常熟本地百姓带来先进生活方式和先进文化的泰伯和仲雍两位周王子。“泰伯与弟仲雍让国而来，民从之者千余家，悉感其化，故名。”如今，我们仍然可以在研究“……民从之者千余家，悉感其化……”从这些文字中看到，当年泰伯和仲雍那“让国义举”，在当时常熟百姓中所产生的影响和地位。所以才有上述的“感化乡、端委乡”等旧地名，这些地名在常熟时历史上，叫了数千年，并且酝酿了如今“感化乡”代代相传的“义风文化”，成为远近闻名的义乡康庄，至今仍被常熟百姓所怀念和传颂。

现在，在常熟城乡、农村，特别是虞山下兴福、顶山、湖桥、大义、小义（原感化乡），甚至如今的张家港市的凤凰、恬庄、港口、鹿苑、妙桥一带，百姓们心中仍无比尊崇着周王爷，因此乡间的周太太庙，或称周王爷庙（又称：本社庙），到处可见，代代相传，屡禁不绝，且香火旺盛。常熟百姓在逢年过节时，仍然以各种不同的形式，祭祀和纪念着他们心中永远的周王爷，成为无法禁绝的，且代代相传的信仰和风俗。

历史的长河滔滔不息，泰伯和仲雍当初留在常熟的足迹，已很难寻觅。但是，历史资料中所记载的、弥足珍贵的点滴文字，已给当今想研究、了解他们的学者们，予充分的线索和依据，特别是，数千年来常熟这“感化乡”的百姓，仍然代代传承的祭祈方式，和口口相传中的周王爷，已充分地证实，常熟，就是泰伯和仲雍让国来吴最初的发迹地。

2018 年 4 月 8 日

# 齐梁古刹白雀禅寺

白雀禅寺，在当地百姓口中俗称白雀寺。它位于常熟市虞山镇大义管理区中泾村香花桥畔。若追寻该寺的创建历史，会让许多去过兴福禅寺去进香的香客、信徒为之惊讶。历史传说，白雀寺曾有重屋七楹，房屋五千零四十八间，香火历代盛极，是一座颇具规模的古老佛家殿堂。

## 一

史料记载，白雀寺始建于梁天监二年（503 年），又有志载：僧志园法师主建了白雀寺，刚建成寺时，因为有二羽白雀飞来寺中筑巢，新寺因以此得“白雀禅寺”名，成为江南一大名刹。寺院建成后，如瑶大和尚为初任白雀寺住持。白雀寺开光初，即香火旺盛，不久便声名远播。

到了宋端平三年（1236 年），寺中高僧如瑶大师，主持了白雀寺的重（扩）建工程。可惜的是在元代末，白雀寺毁于战火。到了明正德丁卯年（1507 年）间，又有寺僧明慧大师住持，发起集资重建了白雀寺，并且恢复了白雀寺往日盛景。可惜的是好景不长，到了隆庆初，白雀寺再遭损毁。因寺僧明净法师心中不甘，后来他又发起再聚缘资，重新修建了白雀寺。可是不到二十年，白雀寺又遭天灾人祸的毁灭。真是可惜。

在明万历年间（1574—1619），又有寺僧智海、慧秀二位法师，再一次发起募金重建了白雀寺。白雀寺复建工程竣工开光之日，有明代文学家、史学家王世贞撰写了《重修白雀寺记》，题记文曰："……甓取其厚，材取其良，涂塈取其精坚。于是三身之座、四天之阁与十六应真之位，屹然若金刚不坏矣！壮丽亦称是。……"全文七百余字，可谓气势磅礴。可见当时白雀寺之雄伟。

王世贞是常熟隔壁娄东（太仓）人，官至南京刑部主事、尚书，也是当时的文坛大师，他在明代历史上有卓越的文学地位，被后人称赞为明代文坛一雄。因为有王世贞的题记寺碑，白雀寺在佛教界的地位，也更高一层了，其影响更广大了。白雀寺除了得有王世贞的题记寺碑，还有明代文人陈瓒的《海虞白雀寺碑》："古虞白雀寺，距县治二十余里，东依虞山，西掖大海，盖妙境也。梁天监二年，有僧志圆者，……"全文近四百字，气势恢宏。

## 二

白雀寺还得明代著名的书法家王宠撰写的《白雀帖》，更使白雀寺从此名驰海内外。王宠，字履仁、履吉，号雅宜山人，是长洲（苏州吴县）人，他博学多才，书善小楷，行草尤为精妙，另外还工篆刻，善山水花鸟，他的诗文在当时声誉很高，而尤以书法名噪一时，是明代中叶著名的书法家。著有《雅宜山人集》，还有《诗册》《千字文》

《李白古风诗卷》等传世书迹。王宠与唐寅（伯虎）还是儿女亲家，其儿子阳（字玄静）是明代太学生，也是唐寅的女婿。

据《柳南随笔》记载，王宠当年在游白雀寺时，还亲手书写的一曲《白雀寺望虞山》诗："禅门吐云气，前与虞山通。大江蒸民鑿，烟岚日笼葱。莲花挺秀壁，绣障罗高空。飞泉四时雨，福地千年宫。蛟蜃时出没，青天乍舒虹。是节属夏首，灌木数丰茸。莺啼紫岩曲，鹿鹜青林中。薰风荡萝茑，沃雨鲜篁丛。蹇予抱沉瘵，未得窥玲珑。还期览日出，夜半千崖红。"一曲五言诗文，既大气荡肠，又描述细致，物事相关、情真意畅，读来令人感慨万千。

除此外，王雅宜在白雀寺逗留期间，因身体不适曾"尝养疴吾邑白雀寺"，在白雀寺，王宠作有《访王元肃虞山不值》诗曲一卷，并以手书后放镌石成碑，即被后人誉为王宠代表作之一的《白雀帖》。可惜的是因战乱，《白雀帖》竟遗落他乡。因为研究文史的缘故，十六年前，有朋友告诉我，《白雀帖》竟现身于重庆市三峡博物馆。

得知此信息，我非常兴奋，我专程赴中泾村，极力建议当时的村领导，争取弄回《白雀帖》。中泾村的领导闻悉后说，多年来一直想一睹此帖真迹，他们听我纵促弄回《白雀帖》想法后说："现在《白雀帖》被重庆市三峡博物馆珍藏，已是国家文物，想要弄回很难。"惜是令人可叹。在八年前（2009年），有中泾村的新领导范益民先生想尽办法，极力托人，终于花大价弄回了《白雀帖》手卷的复制本，保存于白雀寺中，也算"圣品"回家了。此举为白雀禅寺重增光彩，令人可赞可贺。

白雀禅寺的历史经历，它正如封建帝王制度统治下的广大劳苦百姓的生活一样是多灾多难。在清初（1664年），白雀禅寺再一次遭火被毁，直至乾隆二十二年（1757年），幸有名僧圣通大师出面主持，再次重修恢复了白雀寺。在清代太平天国战乱时期，白雀寺的部分殿宇，又被毁许多间。时间到清代同治、光绪年间，有清两帝老师翁同龢，曾为此寺书写了寺匾《白雀行窝》，为白雀寺增色许多。白雀禅寺，自建寺至清朝末年的1400多个年头中，历经了五建五毁，到民国年间，白雀禅寺只剩大殿基本仍保存完好，仍有头山等建筑。中华人民共和国刚成立后的一段时期内，白雀禅寺最后一任住持寺僧是妙生大法师。

## 三

到六十年代初，白雀寺竟然被改作国家粮库，妙生法师被逼还俗。1971年又把白雀寺彻底拆除，把拆下来的材料运到到小墅桥作为建造小义粮库之用，实在是可惜。直到运动结束后，常熟终于复建了兴福寺，妙生大法师才重新被请，到兴福寺出任住持。

于一九九五年，经江苏省政府批准开始，才在大义中经村白雀寺原址上设立佛教活动点。一九九六年一月十八日白雀寺复建工程奠基，一九九六年二月四日破土动工，一九九八年五月二十五日，白雀寺复建工程全部竣工，并举行开光仪式。恢复后的白雀寺，建成了山门、重建了复阁，大雄宝殿、佛堂诸殿及辅房等，总建筑面积1550平方米，占地面积7.23亩。寺内仍保留有千年古井一口，明代石灰石莲花座一个，明代、清代灰石（青石）、花岗岩香炉数个。从此，千年古刹得以重辉。二〇〇八年三月又投入160多万元，新建了天王殿。现在的白雀寺有殿房三十多间，占地十余亩，寺外两边广场可停轿车百余辆。

白雀寺历史上传统庙会和香火一直鼎盛。由于寺建成后每年的农历三月十三、十四日是传统庙会，常年引来远近香客络绎不断，故附近地区俗称白雀寺自然村为“寺基头”。在旧时每年农历三月十三、十四两天，白雀寺周围各庙社都要请“草台班”（京剧）演戏来酬神，并有踩高跷、划龙船、调龙灯、舞狮子等文艺表演，家家户户都要当“码头差”，以招待来赶庙会的亲眷朋友。富裕一些的人家，酒席宴请排场往往超过年节。随着经济发展，人民生活水平的提高，现在每逢庙会，家家户户像过年一样，邀请款待赶庙会的亲朋好友。现在每年约有两万左右的各方群众前来白雀寺拜佛赶集，走亲访友，更是热闹。因此，到白雀寺进香所必经的附近几座桥，如白渡桥、香花桥、中泾桥等也随之闻名。

2017 年 5 月 26 日

于隐梅斋